BLACK
MIAOU

Remerciements :
Un grand merci à Julien, le coloriste.
Merci à Fanette pour son œil de links.

PROLOGUE

Les glaçons fondaient à vue d'œil. Jules en ajouta trois et remua son verre pour le doux plaisir de les entendre s'entrechoquer. Il ingurgita son rhum d'une traite. En cette nuit de juillet, la chaleur écrasante l'avait incité à tomber ses vêtements avant de s'installer sur la terrasse. De là, au dernier étage de l'immeuble, la ligne des toits dessinait l'horizon parisien. Au-dessus, le ciel scintillait d'astres vivants ou déjà morts. Un spectacle qui ne suffisait pas à lui faire oublier un poids sur sa poitrine. Était-ce celui de la culpabilité ou tout simplement de l'ennui ? Un fantôme qui, souvent, s'invitait insidieusement à sa table.

Le deuxième verre, un Don-Papa directement importé des Philippines, allégea pourtant son spleen. Puis il se rappela que sa cuisinière lui avait préparé une salade composée qui l'attendait dans la fraîcheur du frigo. Il choisit de l'accompagner d'un aligoté. Le repas simple se dégusta dehors, dans le salon de jardin. Jules revint ensuite à l'intérieur et entreprit une lecture dans son fidèle Chesterfield.

Il devait être plus de minuit lorsque son téléphone vibra. Zéro heure vingt et une s'affichait sous le prénom de « Pierre ». Un vieil ami, dont il était sans nouvelles depuis des lustres. D'abord heureux de voir ces lettres clignoter, il se ravisa. L'heure tardive ne laissait rien présager de bon.

— Pierre !?
— Jules, j'ai besoin de ton aide.
L'approche était directe, mais la voix hésitante. Cela ne lui ressemblait pas.
— Que se passe-t-il ?
— Je ne peux rien te dire au téléphone. Peux-tu venir à Marseille ?
— Quand ?
— Vite. Demain serait idéal.
— Je t'appelle quand j'arrive !

Ils raccrochèrent simultanément. L'échange bref ne faisait que confirmer l'opinion de Jules sur les appels nocturnes. Pour le contacter ainsi, Pierre avait évidemment des ennuis. Il n'appelait pas à la moindre contrariété.

Rejoindre la ville du Vieux-Port dans les meilleurs délais impliquait de se bouger. Faisant chauffer Internet, Jules dénicha dix minutes plus tard un billet TGV avec départ en matinée de Marne-la-Vallée. Un coup de chance en cette période. Certainement grâce à une annulation de dernière minute pour, en plus, un prix très raisonnable. L'horaire lui convenait parfaitement, ce qui lui laissait une nuit suffisamment longue. Pour peu qu'il réussisse à fermer l'œil.

Une douche presque glacée le réconforta. En s'aspergeant de déodorant devant la glace, il nota que son âge mûr n'altérait pas son corps sec et musclé. Rasséranant. Mais il ne pouvait évacuer une chose : le sentiment diffus, quelques heures plus tôt, d'un truc qui ne tournait pas rond cédait le pas à une inquiétude grandissante.

La chambre était propre et bien rangée. Cela relevait du zèle de Mme Doumergue. N'étant pourtant que sa cuisinière, elle avait une fâcheuse tendance à le materner. Elle n'en était sans doute pas consciente, mais cela irritait Jules qui appréciait de vivre au milieu de son propre désordre. Si l'on peut dire. Il avait pris le parti de ne pas le lui reprocher. Il comprenait cette veuve qui avait, aussi, perdu son fils unique trente ans plus tôt.

Sur le marbre de sa table de nuit d'avant-guerre, la lampe de chevet éclairait un livre de poche, « Les douze péchés de Lola la Rousse » de Jacqueline Deville. Jules ne put réprimer un sourire, se demandant encore où il avait trouvé ce pseudonyme. Il aimait voir ses dernières œuvres traînant dans son intimité nocturne, les imaginant au même endroit chez ses admiratrices. Narcissisme ?

Son éditeur s'était récemment suicidé. Pour la sortie du dernier livre, on lui avait organisé une campagne publicitaire qui avait remporté un certain succès. Jules en éprouvait les bienfaits dans son train de vie. En fait, toute la série des « Lola » et les romans précédents avaient connu la même réussite. Les écrire ne demandait à Jules que peu d'effort ; pour séduire ses lectrices, des femmes mûres pour la plupart, mariées et délaissées, il n'avait qu'à mobiliser son imagination. Leur attente et leur frustration faisaient le reste.

Il s'allongea, éteignit la lumière, ferma les yeux.

Ils s'ouvrirent d'eux-mêmes dix secondes plus tard. Ils s'habituèrent à la pénombre. Le coup de fil de Pierre le turlupinait. Au son de sa voix, oui, ça semblait assez grave. Ça l'était forcément, pour qu'il le sollicite ainsi.

Lorsque le jour filtra au travers des persiennes, Jules n'avait pas assez dormi. Son sommeil avait été haché, ses multiples éveils le ramenaient systématiquement à Pierre. Puis il sombrait à nouveau. Ce manège se renouvela une quinzaine de fois. Le matin arrivait trop vite. Quand il se leva, une brume voilait ses yeux. Une douche et un petit déjeuner copieux préparé par Mme Doumergue furent les bienvenus.

Il se présenta sur le quai trente minutes avant le départ, comme indiqué sur le billet. Il s'inséra dans la file des voyageurs déjà nombreux. Des familles surchargées qui partaient en vacances. De plus jeunes, équipés d'un sac à dos, qui semblaient aspirer à l'aventure. Jules ne portait qu'un jean délavé, une paire de converses et un tee-shirt blanc ; il s'était armé du minimum dans une petite valise à roulettes. Un brouhaha encore discipliné régnait dans le grand hall et sur les quais.

Exactement à l'heure, le train commença à glisser sur les rails, sans aucune vibration. Notre passager, installé à sa place réservée qu'il avait obtenue côté fenêtre, se sentit gagner d'une torpeur bienfaisante. Le relatif silence de la voiture de première et les constantes mais imperceptibles trémulations du convoi y contribuaient. Ainsi, quand le serpent d'acier s'élança vers le sud, le regard peu à peu indifférent de Jules toisa le défilé des banlieues, leurs constructions tour-à-tour entassées ou pavillonnaires. Les grandes et mornes étendues campagnardes suivirent. Dans sa contemplation passive, il fut interrompu par la sonnerie de sa messagerie alors qu'il discernait un village se perdant au milieu d'une vallée, le clocher de l'église pointant le ciel comme si Dieu montrait la direction à prendre.

C'était un SMS de Pierre :
« Désolé pour hier soir. Je n'étais pas dans mon assiette. Tout va bien, ce n'est pas la peine de venir. Toutes mes excuses pour le dérangement. À plus. »
Un grand soulagement s'empara de Jules.
— Tant mieux, pensa-t-il, il devait être bourré hier soir. … C'est bien, tout ça, mais je suis dans le train maintenant !

Il lui répondit donc :

« Coucou Pierre. Pas de problème, mais je suis dans le TGV et je devrais arriver à Saint-Charles vers 13h00. Tu es quitte avec un apéro et un bon repas. À tout à l'heure. »

Ne recevant pas de réponse, Jules décida de le rappeler une heure plus tard. Pierre ne se manifesta pas. Jules essaya à plusieurs reprises. À chaque fois, renvoi direct sur la messagerie.

Chapitre 1

En traversant l'esplanade qui surplombe les escaliers de la gare Saint-Charles, le visage de Jules accueillit avec reconnaissance les caresses d'un léger mistral. Bien que plus chaude, la brise marseillaise était bienvenue après l'air humide et étouffant de la capitale. N'ayant pas réussi à joindre Pierre, il décida de se rendre directement à l'agence immobilière qui appartenait à son ami. Elle se situait avenue de la Corse. Jules préférait descendre à pied le boulevard d'Athènes puis la Canebière pour gravir à nouveau la colline vers Breteuil et Saint-Victor. Il connaissait bien la ville et il estimait qu'il ne lui faudrait pas plus de trente minutes. Mais sa montre indiquait déjà treize heures trente. Les bureaux devaient être fermés en pleine pause déjeuner ; il fit donc un détour par la rue des Capucins.

Sur le marché, il s'imprégna des odeurs d'épices des étals et des mets en préparation des restaurants qui se mélangeaient en une orgie interculturelle. Il traîna ainsi jusqu'à tomber sur une enseigne « Saveur d'Afrique », promesse d'y goûter différentes spécialités de ce continent. Jules s'installa à l'intérieur, au fond d'une salle assez sombre. Un grand ventilateur au plafond invitait les effluves culinaires jusqu'à ses narines. Il opta pour un « yassa » au poulet qu'il accompagna d'une

Guinness. Un grand black assez costaud lui servit une assiette contenant une cuisse de poulet recouverte d'oignons fondus et une généreuse part de riz. La sauce sucrait subtilement la viande qui fondait dans la bouche. En la mastiquant, la chair du volatile devenait juteuse et libérait des sucs à la fois citronnés et pimentés. L'amertume de la bière coupait l'extase, toujours pour mieux y revenir. À la fin du repas, s'il avait eu moins de retenue, Jules se serait levé pour féliciter le chef talentueux qui officiait derrière les casseroles. Il se ravisa, et commanda une seconde bière.

Jules se pointa à l'agence un peu avant seize heures. Elle se trouvait au pied d'un immeuble sans personnalité des années cinquante, au milieu d'une grande artère entre platanes et commerces clairsemés. L'enseigne indiquait « Les vieilles pierres, agence Pierre Vielle ».

« Ça sonne toujours aussi bien », se dit Jules.

En entrant, il eut l'impression d'être seul. Le calme régnait. Mais une frange blonde émergea derrière une imprimante. Celle d'une jeune femme qui se leva énergiquement. Elle se dirigea vers lui. Elle devait avoir la trentaine, à peine plus. Plutôt mince. Le short en jean serré, les chaussures d'été montées sur d'épaisses semelles au terme de jambes fines et musclées, le débardeur très échancré laissait entrevoir de jolies formes. Sa peau bronzée contrastait avec la blondeur de ses cheveux remontés en chignon et maintenus par un crayon. Elle mâchonnait sans complexe un chewing-gum, ce qui accentuait son air mutin. Après avoir balayé

Jules de la tête aux pieds, en s'arrêtant un instant sur sa valise, elle se décida :

— Bonjour Monsieur. Que puis-je faire pour vous ?
Elle souriait. Une jolie fossette se dessina sur sa joue gauche. Une innocente spontanéité émanait d'elle. Elle semblait avoir peu conscience de son charme.

— Bonjour Mademoiselle. Je suis Jules Lesquier et je suis un ami de Pierre. Savez-vous où je pourrais le trouver ?
— Aucune idée !
Un silence s'installa. Elle souriait toujours. Un sourire large, quand-même subtilement provocateur.
— Aucune idée ? répéta Jules.
— Non, il m'a dit par sms ce matin qu'il s'absentait quelques jours et qu'il me laissait gérer la boutique. Je ne sais pas ce qu'ils ont tous en ce moment. Vous tombez mal. Vous ne l'avez pas prévenu ?
— Si si ! Enfin non, pas vraiment. Bon… Eh bien, j'essaierai de lui téléphoner. Pardon, de vous avoir dérangée.
— Il n'y a pas de quoi Monsieur. Si vous avez besoin de quelque chose…
Elle avait pris une pose vraiment sexy. *« Sait-elle ce qu'elle dit et surtout comment elle le dit ? » pensa Jules.*
— Merci, finit-il par conclure.
Alors qu'il s'apprêtait à sortir, la jeune femme l'interpella.
— Excusez-moi Monsieur.
Jules se retourna.

— Donnez-moi votre six. Si j'ai des nouvelles…

— Mon six ?

— Eh bien oui ! Votre téléphone quoi.

Elle laissa échapper une pointe de rire moqueur. Il se sentait largué devant cette jeunesse.

— Oui bien sûr. Vous avez de quoi écrire ?

— Dites-le-moi ! Je le mets directement dans mon répertoire.

Jules se sentait vraiment « out ». Elle reprit :

— Alors, attendez. J.U.L.E.S, … Je vous écoute.

Elle ne se défaisait pas de son sourire sur ses dents blanches magnifiques.

— Zéro sept, … Ah, ce n'est pas un six finalement, tenta de plaisanter l'homme.

Ça semblait fonctionner, le sourire de la jeune femme s'accentua comme si ce fût encore possible.

— Quarante-huit, vingt-neuf, trente-trois, zéro six. Ah … Il est là le six !

— Je vous donne le mien. Moi c'est Samantha.

— Ok.

Le cellulaire de Jules émit une mélodie sans intérêt. Un gloussement aigu s'échappa de la gorge de la blonde. Jules regarda le numéro s'afficher.

— Ah, c'est vous !

— Oui, répondit-elle. Elle avait défait son chignon d'un geste souple, libérant une chevelure ondoyante sur ses épaules.

— J'y pense maintenant… Tout-à-l'heure, vous avez dit : « *Je ne sais pas ce qu'ils ont tous en ce moment* ». Pourquoi cela ?

— Vous posez des questions comme un flic. Vous êtes flic ?

Son sourire s'effaça soudainement.

— Dans une ancienne vie, oui, répondit Jules d'une voix neutre.

— Ah bon. Je disais ça, à cause de ma collègue. Elle n'a pas donné signe de vie depuis plusieurs jours. Pierre m'a dit qu'elle devait être malade, mais je m'étonne qu'elle ne m'ait jamais appelée. Nous nous entendions bien.

— Et vous ? Vous n'avez pas cherché à la joindre ?

— Je n'ai pas son numéro. Nous étions collègues, pas des amies. Cela aurait pu se faire avec le temps.

Elle avait dit cela en plantant ses grands yeux bleus dans ceux de Jules. Son sourire était revenu.

Il mit un moment pour se remettre de cette rencontre. Une douche glacée aurait été salutaire. Au lieu de cela, il décida de se désaltérer à la terrasse du premier bar venu. La pression qu'on lui servit l'aida à recadrer ses idées. Le mieux serait de se rendre directement chez Pierre. Peut-être y était-il après tout ! S'il avait des ennuis, peut-être était-il plongé dans une sorte de dépression qui le décourage de tout contact. Pour le moment, c'était la seule explication plausible qui lui venait à l'esprit.

Pierre habitait au Roucas-Blanc, dans le 7éme, sur les hauteurs. Un taxi déposa Jules, en fin d'après-midi, chemin du Souvenir devant un portail en métal noir. Après avoir actionné l'interphone une bonne dizaine de fois, il se résolut à franchir le mur d'enceinte qui ne faisait pas plus de deux mètres. Il se hissa par-dessus sans trop de difficulté. Même s'il savait que la propriété était équipée de caméras de surveillance, Jules se doutait qu'au regard des circonstances l'hôte ne lui en tiendrait pas rigueur.

Il contourna la villa aux lignes contemporaines. La façade principale, sans ouverture hormis quelques fenêtres à l'étage, donnait sur la voie et l'entrée principale se trouvait côté jardin. Le parc arboré disposait d'une vue imprenable sur la mer. Après avoir constaté que tous les accès qui ouvraient sur le rez-de-chaussée étaient fermés, porte et baies vitrées, et avoir toqué vigoureusement à chacune d'elles, Jules abdiqua. Il s'installa un peu en retrait, à l'ombre d'un platane, dans le confortable salon de jardin en contre-bas de la piscine.

Le temps passant, l'anxiété s'installait. Elle atteint son paroxysme quelques heures plus tard, avec le déclin du jour. Un millier d'hypothèses se bousculait dans la tête de Jules. Au vu du peu d'éléments connus, il les envisageait toutes.

Peu après minuit, Pierre avait sollicité son aide. Il semblait alors préoccupé. Plus tard, il s'était rétracté. Le dernier message aurait pu être rassurant si, depuis, son expéditeur avait donné signe de vie. Mais rien ! En quelques heures, Pierre avait changé d'avis, il s'était forcément produit quelque chose … Et si Pierre n'était pas l'auteur du sms ? Mais si, forcément. Qui d'autre aurait pu savoir qu'il avait sollicité de l'aide ? Sauf si cette personne était là lorsque Pierre l'a appelé. Tout se mélangeait dans le crâne de Jules. Pour se connaître assez, il savait qu'une bonne nuit de sommeil pouvait remettre tout cela en ordre.

Depuis plusieurs heures, il regardait sans la voir la dépendance au fond du jardin. Il se rappela que Pierre l'avait aménagée en studio de passage. Il se souvint également où il cachait la clef. Elle se trouvait toujours là, sur le muret qui bordait partiellement la terrasse, sous un pot de cactus nain. Cinq minutes plus tard, Jules avait pris ses aises. Il piqua une bière dans le petit frigo. Il ouvrit les stores et la dégusta devant la fenêtre qui donnait sur la maison. Bientôt il s'allongea et s'endormit profondément.

« — Bonjour Jules !
— Samantha ? Mais vous êtes toute nue ? Que faites-vous ici et surtout comme cela ? Et pourquoi ce couteau avec tout ce sang ? Non, ne le léchez pas, vous allez vous couper la langue. Oh ! Vos seins sont magnifiques !
— Il y a eu un petit accident avec Pierre. Hi hi ! J'ai très envie de faire l'amour avec vous. Mais je vous ai apporté un verre d'absinthe avant de commencer. Oups ! Il est tombé par terre ! »

Le bruit d'une vitre qui se brise réveilla Jules en sursaut.

Chapitre 2

Jules se leva d'un bond. Il écarta les stores en veillant à rester dissimulé. Deux ombres évoluaient sur la terrasse. L'une disparut à l'intérieur par la porte-fenêtre qui venait de voler en éclats. L'autre attendit jusqu'à que la première ressorte quinze minutes plus tard. Avec une extrême prudence, Jules entrouvrit la fenêtre. Le vent portait les voix dans sa direction.

— Il est pas là, l'bâtard !

— Putain, l'fumier ! Qu'est-ce qu'on fait frère ?

— Ta gueule ! Laisse-moi réfléchir frère. Putain !

Ces deux-là étaient aussi frères que Jules cousin de la Reine d'Angleterre. Ou alors, ils étaient le produit de dégénérés ne permettant pas de différencier une bouse d'une merde.

— On s'casse, finit par ordonner le premier.

Ils disparurent dans la nuit. Jules entama un tour de la propriété. Pour avoir conseillé Pierre à l'époque où il avait installé le système de protection, il savait où se trouvaient les câbles de l'alarme. Ils avaient été sectionnés. Pas étonnant qu'elle soit restée muette. Les deux intrus devaient être plus malins qu'ils ne paraissaient. Ou ils avaient été renseignés sur l'installation. En tout cas, on cherchait Pierre. Et ces zèbres ne lui voulaient pas que du bien. De plus, ils n'étaient pas le genre que son ami fréquentait. Alors, qu'avaient-ils après lui ? Qui étaient-ils ? À leur façon de s'exprimer, certainement des échappés des quartiers nord.

Jules s'introduisit à son tour dans la maison. S'éclairant de son portable, il espérait trouver ce que cherchaient ses prédécesseurs. Il scruta chaque pièce, chaque recoin comme il avait appris à l'école de police. Il termina par la chambre : rien. Pas un objet ni un meuble déplacé, rien de brisé. Les gars n'étaient donc pas des cambrioleurs lambda. C'était bien à Pierre qu'ils en voulaient. Ils étaient venus pour lui. Dans quel but ? Le tuer, l'enlever ou simplement lui casser la gueule ou bien une rotule ou alors les doigts. Selon ce qu'ils avaient à lui reprocher, n'importe quoi dans sa personne serait brisé, broyé, coupé ou arraché... Dans ses suppositions Jules partait en roue libre. Les voyous ont leurs propres règles. Il fallait absolument prévenir son ami, mais il ne décrochait plus depuis presque vingt-quatre heures. Réessayer ! Jules s'assit sur le lit et chercha ses derniers appels. Il cliqua sur le nom de Pierre. Pas de réponse. Mais, il regarda soudain autour de lui, alerté : il venait d'entendre lors de l'appel un bourdonnement vers la table de nuit.

Le téléphone de Pierre était là, dans le tiroir.

Jules se sentit soudainement abattu. Partir sans son cellulaire, personne ne le fait sans raison majeure. Cette fois c'était vraiment grave. Prévenir la police fut sa première option. Mais s'il n'amenait pas d'arguments concrets attestant d'une affaire sérieuse, on ne lui ferait déposer qu'une main courante qui finirait au fond d'une corbeille. Il lui fallait plus d'éléments. Samantha était la seule à pouvoir le renseigner sur les habitudes et les fréquentations de son patron. Et ainsi lui fournir des pistes.

Quatre heures du matin. Pour l'instant, l'urgence était de dormir. Jules ne ferait rien de bon sans une concentration optimale et un esprit reposé. Il la rappellerait dès le lendemain. Il retourna se coucher et fit sonner son réveil à huit heures.

Au matin, le vent avait tourné amenant le souffle marin vers les terres. Le soleil apparaissait timidement entre les nuages gris. Ce jour-là, Jules avait opté pour une chemise en lin que l'air chaud malgré tout transperçait.

Pour enquêter librement, il n'était pas question de dépendre des transports en commun, des taxis ou autres Uber. Dans le hangar, à l'entrée de la propriété, Pierre disposait de tout ce dont Jules avait besoin. Si le disparu avait gardé ses habitudes, son ami savait où il rangeait la télécommande d'ouverture. Quant aux clefs des véhicules, elles seraient dans la boîte à gants.

Trois voitures s'alignaient dans un espace qui pouvait en contenir quatre. Une place restait vide entre la Porsche Cayenne décapotable et une Deux cent cinq. La troisième était une Alfa-Roméo noire. Jules se rangea à un principe de base, pour explorer une piste : passer inaperçu. Emprunter la Peugeot était donc la meilleure option. Mais aucune clef ne se trouvait à l'intérieur, pas plus que dans l'italienne devenue son second choix. Il lui restait donc à s'installer au volant de l'allemande. Mais rien non plus pour la démarrer ; en lieu et place, un bout de papier sur lequel était inscrit : « porte-malheur ». Une énigme de plus, ça tombait mal. Surtout à une heure aussi matinale. « Merde ! », maugréa-t-il en frappant le volant.

Jules retourna dans la maison, histoire de se faire un café et réfléchir. Il s'assit sur l'un des grands tabourets devant le bar qui séparait la cuisine du séjour. Première gorgée d'un expresso bien serré. La réponse n'allait pas venir toute seule, il ne couperait à une seconde inspection. Il se tapa à nouveau toutes les pièces, à commencer par là où il se trouvait. Il étudia d'abord attentivement le calendrier, accroché à côté du frigo, l'un de ceux que les éboueurs vendent en fin d'année. Le prochain vendredi 13 était en septembre, mais il n'y avait aucune indication. La date n'était même pas entourée. Rien de ce côté-là.

« *Porte-malheur, porte-malheur...* » se répétait-il inlassablement.

Sur la table du salon, il remarqua un cendrier en forme de fer à cheval. Original certes, mais rien dessous, ni dedans. Accrochée au mur de la chambre, une grande photographie d'artiste en noir et blanc représentait un peintre qui badigeonnait un mur sous une échelle. Jules le décrocha et démonta le cadre. Rien !

« Porte-malheur, porte-malheur… Putain, mais qu'est-ce-qui porte malheur ? »

Un tantinet découragé, il reprit place devant sa tasse vide. Pourquoi Pierre n'a-t-il pas laissé les clefs dans la boîte à gants des bagnoles ? Dans aucune d'elles ? Et seulement un mot dans la Porsche. D'ailleurs, lui était-il adressé ? Presque sûr que non, puisque Pierre lui avait finalement dit de ne pas venir. Raison de plus pour décoder ce mystérieux message. Le texte en gros caractères d'imprimerie avait été tapé à l'ordinateur. Était-il bien de Pierre ? Et pourquoi précisément dans cette voiture ? Peut-être que l'auteur souhaitait que quelqu'un l'emprunte. Mais pour aller où ? Et qui ? Et était-ce bien les clefs, la récompense de la devinette ? Est-ce que c'était même une devinette ?

Une roue invisible, où s'accrochaient toutes sortes de questions, tournait sans maître dans la tête de Jules. Pourquoi ne pas laisser simplement les clefs en évidence ? Pourquoi jouer au chat et à la souris ? Cette dernière réflexion activa une lumière au fond de son cerveau. Et un miaulement le sortit de sa torpeur.

« Miaouou! »

C'était Pandorette, la petite chatte noire de l'ami Pierre, plantée devant lui, la queue en point d'interrogation. Jules se pencha pour la caresser.

— Tiens, te voilà toi ? Toujours en vie à ce que je vois. Et elle me reconnaît après toutes ces années. Hein ma p'tite Pando ? Ah oui, tu sais toi. Hein oui... Tu sais où sont les clefs de la Porsche. Ben oui, les chats noirs c'est bien connu pour porter malheur. Non mais pas toi, ma chounette.

Il se mit à la palper bêtement, se doutant qu'il ne trouverait rien dans le pelage de l'animal câlin. Mais sait-on jamais.

— Tu as faim hein ! Elle est où ta gamelle ?

Jules n'avait plus qu'à la suivre jusqu'à l'écuelle dans la cuisine. Il n'y avait rien en dessous. Après avoir ouvert plusieurs placards il tomba sur la nourriture pour chat, et servit la princesse des lieux. Machinalement, il secoua la boîte de croquettes. Il y avait quelque chose à l'intérieur. Bingo ! Des clefs de voiture ! En l'occurrence, une carte électronique accrochée à un pendentif. Une peluche miniature qui représentait un minou noir.

En matière de discrétion, descendre en ville au volant du bolide équivalait à débouler en smoking chez des naturistes. La voiture emprunta les rues étroites et sinueuses du quartier qui serpentaient entre les bâtisses à l'opulence discrète.

Jules usa du kit mains libres pour appeler Samantha. Elle finit par décrocher, jouant avec l'impatience de Jules.

— Allô, oui ?
— Bonjour, c'est Ju…
— Oui je sais, ça s'affiche, coupa-t-elle.
— Il faut que je vous parle.
— Eh bien, vous êtes un rapide vous.
— C'est au sujet de Pierre. Je pense qu'il a disparu.
— Ah bon ! Vous êtes sûr ?
Apparemment, pas émue plus que ça.
— Vous savez, ça lui arrive souvent, ajouta-t-elle.
— Je passe vous prendre à l'agence, j'ai des questions.
— Vous pouvez toujours passer à l'agence mais c'est dimanche aujourd'hui. Je vous donne mon adresse.

Dimanche ! Jules était complètement sorti du calendrier. Cette affaire le perturbait, cela ne faisait aucun doute. La jeune femme logeait rue Poucel, dans le quatrième. Pendant qu'il suivait les indications de son GPS, Jules imaginait la belle. Le recevrait-elle en peignoir sortant de la douche ? Ou peut-être aura-t-elle eu le temps d'enfiler bas et porte-jarretelles ? En lingerie blanche, noire ou rouge ? Allaient-ils passer aux choses sérieuses avant d'en attaquer d'autres ? Se changer les idées lui ferait du bien. Mais il lui sembla qu'il accélérait le temps ; que lui seul croyait un peu trop à d'obscurs désirs. Il fallait être réaliste.

Alors qu'il était proche de sa destination, arrêté à un feu rouge, il reçut un sms de Samantha.

— Je suis en bas de chez moi, je vous attends !

Qu'est-ce que je disais ! se baffa-t-il intérieurement. Pauvre con! Il ralentit en abordant la rue étroite qui montait à travers de vieilles maisons jumelées. La voie s'élargit à l'approche d'immeubles plus récents. La blonde était au pied de l'un d'eux.

S'accoutrer ainsi le jour du Seigneur ! Sacrilège ! Des verges émergent entre les jambes des anges. Cette magnifique réalité ! La p'tite avait remonté sa chevelure dorée au-dessus de sa tête et la maintenait de façon désordonnée par une broche. Cela lui conférait un air de sauvageonne. Elle avait enfilé un short rose qui lui remontait jusqu'à l'entrecuisse. Un haut blanc brodé comme un napperon de table lui recouvrait partiellement le buste juste au-dessus du nombril, lui-même orné d'un bijou scintillant. Sa peau bronzée et son soutien-gorge noir transparaissaient à travers la matière ajourée. Une paire de tongs sophistiquées et colorées valorisait ses jolis petits pieds. Elle mâchait encore un chewing-gum.

Ce devait être une manie, chez elle, de prendre son temps avant d'ouvrir la bouche. Elle s'attarda un long moment sur la carrosserie du bolide.

— C'est celle de Pierre ?
— Absolument !
— Je ne sais pas s'il serait très content que vous l'empruntiez, lâcha-t-elle.
— Il serait ravi. Croyez-moi !

— Ça m'étonnerait ! Elle est toute neuve. Il vient de se l'acheter.

— Je vous offre un café et les croissants. Vous connaissez un endroit sympa dans le coin ?

En passant la première, Jules ne put s'empêcher de survoler ses cuisses. Les rapports grincèrent, et Samantha émit un léger rire moqueur.

Ils atterrirent dans un bar de quartier qui servait des viennoiseries avec le café. Ils avaient préféré s'asseoir à l'intérieur à cause de la tramontane qui décochait ses rafales de façon impromptue. Ils étaient les seuls clients, mis à part un quinquagénaire qui lisait « l'Équipe », deux tables plus loin, et un vieil ivrogne accoudé au comptoir, sirotant un pastis sans perdre de vue Samantha. Elle l'avait remarqué, sans en être dérangée.

— Qu'est-ce-qui vous fait croire qu'il a disparu ? commença-t-elle. Vous savez, Pierre ... Il aime bien la vie. Et il peut partir plusieurs jours sans raison apparente. En plus, il me fait confiance pour l'agence. À partir du moment où il est là pour les grosses négos ...

— Justement ! Il me semble que l'agence donne dans l'immobilier de grand luxe. Alors, je ne vois pas comment il pourrait y avoir de petites négos.

Elle souffla, un peu agacée.

— Des fois ça ressort.

— Quoi donc !

— Le fait que vous avez été flic !

— On ne se refait pas. Il est arrivé quelque chose à Pierre. Un truc pas net ! Hier soir, je me suis installé dans le studio des invités. Deux types, accent des banlieues. Ils ont fracassé une vitre. Ils le cherchaient.

— Si je l'appelle, il répond toujours, le défia la belle.

— Allez-y !

Elle s'activa sur son portable. Bourdonnement dans la poche de Jules. Il posa l'appareil sur la table.

— Alors ! Vous me croyez maintenant ?

Elle resta bouche bée. Ce qui la rendait encore plus attirante. Jules embraya.

— Avait-il des affaires en cours ? Disons, un peu délicates...

— Je sais pas. Il faudrait éplucher les dossiers. En tout cas, il n'en parlait pas. Il préférait s'en charger lui-même. Lorsque ça se terminait bien, il aimait bien s'en vanter par contre.

— Et dernièrement, rien ?

— Pas à ma connaissance. Je regarderai, je vous le promets.

Elle avait l'air sincère.

— Et dans le privé ? Vous connaissez ses habitudes ?

— Ah oui ! Il ne cache rien. C'est un bon vivant. Enfin, il aime s'amuser. Je ne dirai pas qu'il a tous les vices, parce que vraiment je l'aime beaucoup, mais tout ce qui est ... disons un peu limite, il aime.

— Par exemple…

— Le casino. On y est déjà allés ensemble à Cassis.

— Bon ! Vous savez s'il devait de l'argent ?

— Pas à ma connaissance.

— Quoi d'autre ?

Elle sourit.

— Le « Sex-Paradise ».

— Kézaco ?

— Une boîte échangiste. On l'avait accompagné une fois. Parce qu'ils n'acceptent pas trop les hommes seuls.

— Qui « on » ?

— Moi et Zora. Ma collègue.

— La collègue qui ne donne plus signe de vie ? Celle qui ne vous a pas laissé son téléphone ?

— Oui.

Jules examina les contacts de Pierre dans son cellulaire. Pas de Zora. Il fit défiler la liste à partir de la première lettre de l'alphabet, espérant trouver un prénom qui pourrait s'en approcher. Un attira son attention, qui n'avait pourtant rien à voir. À la lettre B : « Black Pussy ».

Chapitre 3

Jules déposa Samantha devant chez elle peu avant midi. Il fut déçu qu'elle ne l'invite pas. Mais il ne la laissa pas partir sans s'assurer qu'elle effectuerait bien les recherches sur les affaires immobilières récentes. Elle l'embrassa sur la pommette et lui promit d'aller à l'agence l'après-midi même.

L'écrivain-détective retourna chez Pierre où il essaya, à plusieurs reprises, d'appeler « Black Pussy ». C'était un zéro-six. Mais, cela ne donna rien. Le téléphone devait être éteint.

En milieu d'après-midi, il se rendit au Panier. Il avait rangé la Porsche dans un parking souterrain du Vieux-Port. Après avoir marché une dizaine de minutes, il longea une grande place occupée par les terrasses de bars, rue des Pistoles. Puis il aborda plusieurs ruelles montantes, où des plantes polychromes perçaient le ciment de façades variant du gris au jaune, en passant par l'ocre et le bleu Provence de certains volets.

Trois tables de jardin métalliques et leurs chaises occupaient un petit renfoncement, dans la montée de la rue Michel Salvarelli. Jules y retrouvait les escaliers de Montmartre. L'emplacement dégageait un charme à la fois typique et intime. Une vigne vierge grimpait autour d'une fenêtre, le long de la façade, jusqu'à l'enseigne « Chez Janus », ce qui la détachait des autres.

Il s'installa au bar, au fond d'une salle préservée du soleil et de la chaleur. Derrière, le taulier, un colosse bien gras et moustachu, s'adressait à quatre autochtones qui claquaient leurs cartes sur une nappe vichy.

— Oh Putain ! Mère de Dieu, t'es encore bon pour une tournée mon Cricri !
— Il triche le kéké ! s'indigna l'autre.
—Jamais de la vie ! Vieux fada, va ! rétorqua celui qui venait de gagner la partie.

Le tenancier se détacha d'eux, et planta ses yeux gris délavés dans les deux émeraudes de Jules.
— Mon Julo, qu'est-ce-que tu fous ? Pas trop chaud pour un parigot ?
— Crois-moi Janus, c'est bien plus supportable ici, sourit Jules.

On aurait pu penser qu'ils s'étaient vus la veille.
— Allez c'est ma tournée ! Qu'est-ce-que je te sers ? Un pastaga ?
— Tu sais bien que je n'en bois jamais. Une pression s'il te plaît.

Janus s'activa. Son énorme ventre qui débordait de sa chemisette s'appuyait contre le comptoir pour que ses bras atteignent la pompe. Le liquide jaune glissa le long du verre comme une cascade sur un pentu rocheux. Le centimètre de mousse qui s'accumula au sommet rendit l'ensemble propre à la dégustation.

— Bien fraîche, commenta le barman en la posant sur le zinc. ... Il paraît que t'es plus flic ?
— Eh bien ! Les nouvelles ont vite pris l'autoroute !
— C'est Pierre qui me l'a dit. Oh ! Ça fait un moment que je ne l'ai pas vu. Il va comment ?
— Justement, je n'en sais rien. Il est introuvable. Il a disparu en laissant son portable chez lui. Et, la nuit dernière, il a reçu une visite qui n'avait rien d'amical. Tu n'as rien entendu ?
— Non, mais je vais me renseigner. Tu sais maintenant, c'est plus ça. Avant, on se tirait dessus avec la flicaille. Mais on se respectait. C'est fini. Les types des quartiers... Il soupira... Ils ne respectent plus rien. Ils sont tous « frères » comme ils disent. Mais du jour au lendemain, ils se canardent entre-eux. En pleine ville, sans se soucier s'il y a du monde.

Janus était un ogre, mais il parlait d'une voix posée. Le calme de celui qui avait déjà côtoyé le squelette à la faucille.

— Je ne vois pas trop la différence, excuse-moi ! le contredit Jules.
— Oh, ça a bien changé, crois-moi ! Tu vas là-bas, chez eux ? Tu rentres pas comme ça. C'est devenu une vraie forteresse. Ils ont des veilleurs, avec des « kalach ».
— Ah bon !? Et vous, vous n'étiez pas armés peut-être ?
— C'est pas pareil, je te dis ! Regarde, toi tu m'as bien mis au trou. Dix ans de placard. J'ai pas vraiment

apprécié ! Et pourtant, on s'est toujours respecté. Il faut dire que, d'une certaine manière, tu m'as sauvé la vie en ne m'obligeant pas à balancer, admit Janus.

— C'était inutile. Les preuves jaillissaient comme des fourmis après un saucisson.

Janus éclata de rire.

Le studio de Pierre n'excédait pas les vingt mètres carrés, mais il était idéalement conçu. L'entrée donnait directement sur la chambre à laquelle était annexée la salle de bain d'un côté et une cuisinette à l'autre extrémité. Elle était équipée d'un mini frigo et d'une plaque à induction. Jules s'était préparé des tentacules de poulpe. Après les avoir cuits dans l'eau bouillante, il les assaisonna d'huile d'olive, de vinaigre de riz, curry et piment. Un amuse-gueule qui accompagnait à merveille son rhum ambré. Il se rendit au salon de jardin, dans le parc, idéal pour un apéritif. Avec pour seul décor le jour qui décline.

Le téléphone retentit dans le chant des cigales.

— Oui Samantha !
— Oui bonsoir. Je voudrais parler au beau brun ténébreux que j'ai vu ce matin , dit-elle.

La conversation commençait sous un angle sympathique.

— Vous avez du nouveau ?

— Je ne sais pas. J'ai fouillé dans le coffre de Pierre. J'espère qu'il ne m'en voudra pas.

— Je ne pense pas, non.

— Il a acheté un terrain à Cassis. Je ne sais ce qu'il compte en faire. C'est à moins de cinq cents mètres du casino. Et j'ai lu ses notes aussi. Il y avait quelqu'un d'autre qui voulait l'acquérir.

— Qui ça ?

— Gustavo Sivaraldi!

— C'est qui ? Vous le connaissez ?

— Ben oui ! C'est justement l'actuel propriétaire du Casino.

— Merci Sam ! Je vous suis vraiment reconnaissant.

Elle lâcha un gloussement.

— Oh, je saurai m'en souvenir !

Vers vingt-deux heures, Jules gara la Porsche devant l'établissement de jeu. Elle était presque banale au milieu des véhicules présents. Les lumières scintillaient sur le bâtiment comme celles d'un manège de fête foraine.

Le hall comportait des machines à sous. Jules courtisa l'une d'elles, et remporta une bonne mise à la troisième tentative. Il échangea son gain à l'intérieur contre des jetons.

Mille feux éclairaient la grande salle comme autant de sapins lumineux dans la maison du père Noël. Les lieux offraient toutes les possibilités d'y perdre son argent. Les regards de chacun se portaient autant sur les tapis que sur la clientèle ou les filles qui attisaient les désirs. Tout cela dans une ambiance jazzy. La voix chaude d'Amy Winehouse résonnait. Jules s'appauvrit notablement à la roulette puis au black Jack. Pris par l'envie de se refaire, il dépensa mille euros en jetons qui disparurent en moins d'une heure.

La raison se rappela à lui, lorsqu'il admit que son enquête n'avait pas avancé d'un pouce. Il gagna le bar ou il commanda un mojito. Un trentenaire blond – arborant le code vestimentaire de sa fonction : pantalon noir, chemise blanche et nœud papillon, et dont le visage indifférent s'ornait d'une barbichette – lui déposa le verre après une préparation gesticulante, un show digne d'Hollywood.

Avant qu'il ne s'occupe d'autres clients, Jules lui fit signe.
— Je cherche un vieil ami. Il vient souvent ici, mais je ne le vois pas ce soir. … Pierre Vielle.

Il lui montra une photographie sur le portable de Pierre. Un selfie qui montrait celui-ci à son avantage, en tenue d'été.

— Vous croyez que je connais tous les clients ! Il y a beaucoup de monde ici. Tous les jours.
— Je vous prêtais du talent physionomiste, comme l'ensemble du personnel ! Allons, un p'tit effort. C'est un habitué.
— Connais pas j'vous dis, grinça le barman visiblement agacé.

Peu professionnel, estima Jules sans mot dire.

Il traîna encore entre les tables. Perdant un peu, essayant d'interroger quelques joueurs mais sans plus de succès.

De guerre lasse, il rejoignit le parking. Il s'apprêtait à monter dans son bolide lorsqu'il sentit une présence. Il s'était relâché trop tôt. Il se retourna. Trois gorilles en costard lui faisaient face. Trois chauves.

— *Encore des frères se dit Jules.* Pourtant, ceux-ci ne semblaient pas venir de la banlieue marseillaise.

Celui du centre envoya son poing vers le visage de Jules qui esquiva. Un autre s'était glissé derrière lui. Il lui emprisonna simultanément les bras et la gorge. Il serrait fort. Jules essaya de se défaire de l'étreinte en frappant du talon sur ses doigts de pied. Sans effet. Le premier lui asséna plusieurs coups au foie, très douloureux. Ses jambes fléchirent. L'étreinte lâcha et Jules s'écroula lourdement sur le goudron. Le dernier, resté sage jusque-là, lui envoya un coup de pied en pleine face.
— Tu poses trop de questions. On veut plus t'voir par ici ! J'espère que t'as compris !

Chapitre 4

La nuit fut terrible, interrompue par d'incessantes douleurs abdominales. Jules accomplit de nombreux allers-retours du lit aux toilettes. De la bile jaillit de sa bouche entre des renvois sanguinolents. Des maux lancinants au visage l'empêchaient de plonger dans le sommeil. Celui-ci ne vint qu'aux aurores, si bien que Jules se leva vers midi. Il tangua laborieusement jusqu'à la salle de bain. Dans la glace, les dégâts étaient incontestables : côtes et pommettes violacées, coupure sous l'œil, chique à la joue et coquille d'œuf au front.

Il appela Janus.

— Tu peux m'avoir un « gun » ?
— … Il te faut ça quand ?
— Avant cette nuit. Et aussi une tire. Quelque chose qui passe inaperçu.
— Pour la caisse, je te tiens au jus. Pour le flingue, quelqu'un va t'appeler… Disons dans une heure. Julo ! Dis-moi… Si tu as des ennuis...
— Ça ira !
— Enfin JULO ! se révolta Janus.
— Merci Janus.

Jules raccrocha. La douche n'arrangea rien. Il venait d'enfiler péniblement un jean et une chemise lorsqu'on l'appela vers treize heures. L'interphone annonça un livreur UPS. Jules se traîna jusqu'au portail. Difficile de savoir s'il s'agissait bien d'une camionnette de la firme qui stationnait derrière. Elle en portait en tout cas l'effigie. Un jeune beur lui tendit un paquet. À son aspect, il aurait pu s'agir d'un gros livre.

— Je ne signe rien, je présume.
— Bien vu chef ! confirma le livreur.

La fourgonnette s'éloigna. Une Peugeot blanche prit aussitôt sa place. Samantha en sortit en tailleur crème, tissu très léger de saison, et hauts talons. Elle commenta, en sortant une pizza du coffre :

— Je dois visiter un client dans le coin. Alors je me suis dit que vous n'auriez rien contre un p'tit…

Elle stoppa brusquement devant Jules. Tels des rayons lasers, ses yeux scannèrent son torse à travers sa chemise entrouverte.
— Mon Dieu ! Que vous est-il arrivé ?
— Oh, ça ? Ce n'est rien, relativisa Jules.
— Ah ! Quand même ! Vous occupez le studio ?

Jules acquiesça.

— Retournez-y ! Je vais voir ce que je trouve dans l'armoire à pharmacie.

« Elle prend les choses en mains la p'tite » observa *Jules.*

Après avoir déposé la pizza dans la kitchenette, il déballa son colis. Un Sig-Sauer semi-automatique. L'arme de la police. Parfait ! Il connaissait l'engin. Merci Janus !

Samantha revint une dizaine de minutes plus tard. Elle portait un plateau avec le nécessaire de la parfaite infirmière. Elle s'assit sur le lit à côté de Jules et lui tendit verre d'eau et gélule.

— Tenez, prenez ça ! Ça devrait vous soulager.
— C'est quoi ? fit Jules.
— Ne vous occupez pas ! Buvez, c'est un ordre !

Elle accompagnait tout ça d'un sourire irrésistible.

— Je sais très bien ce qui pourrait me soulager, lui renvoya Jules.

Elle gloussa.

— On se calme, vous n'êtes pas en état pour ça. Allez !

Elle l'embrassa du bout des lèvres sur la joue, puis sur le coin de la bouche.

— Allonge-toi, lâcha-t-elle.

Changement d'ambiance... Elle le tutoyait maintenant !? Elle embrassa soudain son torse. Elle n'avait rien sous sa veste, Jules apercevait la peau de ses seins. Elle continuait. De petits baisers qui descendaient le long de son ventre. Quand sa bouche arriva au nombril, elle y passa la langue.

Elle se redressa lentement et se leva. Dans le même rythme, elle déboutonna sa veste qui tomba au sol. Pas de soutien gorge. Ses tétons pointaient. La jupe rejoignit le haut, la culotte et les chaussures. Samantha se retrouva quasiment nue à l'exception de ses bas. Ceux qui tiennent tout seuls. Elle détacha sa chevelure qui se répandit sur ses épaules.

Sans expression - ce qui plut à Jules car, il devenait alors son objet - elle se mit à califourchon sur ses jambes et défit sa ceinture. Il souffrait trop pour entreprendre quoi que ce soit. Il serait son malade, et elle le toubib. Il était voué à subir ses caresses, ses lèvres, sa langue. Condamné maintenant à regarder la bouche qui entreprenait d'avaler son sexe. Elle le gobait, ses lèvres épousant le cylindre gluant, du gland jusqu'à la garde. Soudain elle le coinça, jusqu'au seuil de la douleur, entre ses mâchoires. Comme si, gourmande, elle essayait d'avaler une friandise trop grosse. Puis elle le ressortait et s'amusait avec, en le léchant intégralement. D'un air appliqué, presque « étudiante » qui découvrait la chose. Cela ravissait son partenaire.
Elle recommença à plusieurs reprises. En enfournant et en retirant le poireau de sa bouche, elle tournait son visage de droite et de gauche, ce qui stimulait le phallus

avec lequel elle jouait. Plusieurs fois, en s'interrompant, elle regarda Jules dans les yeux, avec un large sourire et la langue pendante, ou bien en se mordillant les lèvres comme prise d'un plaisir salace, ou alors avec une moue grimaçante.

Jules adorait qu'elle ne cache pas son plaisir. Elle l'étalait sans pudeur. Sam le savait bien... C'était le jeu.

Lorsqu'elle eut terminé, elle guida la verge de Jules entre ses jambes. Elle l'introduisit dans la douceur et la chaleur. Lentement. Son air semblait dire « Je te conduis, je fais ce que je veux de toi ». Au début, elle bougea à peine. Elle laissait le désir se diffuser entre leurs corps, dans le silence... Le meilleur de l'amour. Celui où ça vient.

Elle s'abaissa, sa poitrine contre la sienne. Les peaux se raclèrent, les tétons de Sam labouraient le buste de son compagnon. Elle lui attrapa la tête au niveau des oreilles et remua lentement son bassin. Sa mine était grave, sévère, presque hostile. Elle relevait parfois le visage vers le plafond, les yeux clos, la bouche ouverte, un léger sourire de la fille qui n'est plus avec le mec mais avec elle-même.

Elle s'offrait à ce qu'il y a de meilleur dans la vie.

Jules perçut que les lèvres de la fille devenaient luisantes, car elles n'emprisonnaient plus la salive. Sam agitait au contraire doucement sa langue en un mouvement d'expulsion, pour se laisser baver. Pour le plaisir de ce qui ne se fait pas. Celui de sentir le liquide lui tomber sur la gorge, rouler vers ses pointes de sein, et choir sur l'homme, en dessous.

Elle était sensuelle … Plus que ça. L'insolence de la liberté et du plaisir. Jules profitait de cette jeunesse qui lui donnait du bon temps. Il s'agrippa à ses fesses. Elles tenaient dans ses mains. En représailles, elle se redressa et, lançant une main derrière son dos, saisit les parties du convalescent, les serrant légèrement dans sa paume.

— On dirait que tu m'aimes bien… ? dit-elle à mi-voix.

Petite salope, éprouva-t-il.

Elle regarda le flingue sur la table de nuit.

— Oh oui … Lui… Oui, lui … Vas-y ! Enfonce ton gros calibre ! Soupira-t-elle.

Elle accéléra le rythme. Elle commençait à le chevaucher bien comme il faut. Elle commençait à gémir. Elle se laissait de plus en plus violemment retomber sur l'épieu entré en elle. Elle rugissait maintenant, et grimaçait, se contorsionnait, se mordait encore les lèvres. Ses cheveux balayaient son visage qui commençait à perler. Elle attrapa ses tétons, les tordit et se gifla les seins.

— Haaannn … ! Vas-y, baise-moi !!
— Comme ça ?
Il lui claqua le cul.

— Oui ! Fesse-moi ! Fesse ta pute ! Je suis chienne !
Prends-moi comme une chienne !
Jules obéissait. Samantha était maintenant une furie.
Cela dura un moment. Le temps était suspendu. À
chaque fois que Jules pensait venir, elle s'arrêtait.
Comme si elle le connaissait parfaitement.

Elle continuait à bramer : « Vas-y, je suis ta souillon !
Déchire-moi ! Enfonce aussi tes couilles ! ».

Il finit par exploser. Les fesses de Samantha tremblaient,
comme en transe. Progressivement, elle s'apaisa, lâcha
encore des soupirs essoufflés, et resta quelques secondes
la bouche entrouverte, d'où gouttait encore du fluide.

Fin du rodéo sauvage.

Samantha le quitta quelques heures, le temps qu'elle
devait consacrer à son client.
Elle le rejoignit vers dix-huit heures et ils passèrent le
début de soirée ensemble. Il la congédia un peu plus
tard, lorsque Janus arriva. Elle ne s'éclipsa que lorsque
Jules lui promit de donner rapidement de ses nouvelles.

L'ami Janus la regarda s'éloigner :
— Sainte-mère de Dieu !
Il se reprit.
— Je t'ai amené une Clio. Elle t'attend dehors, lui dit-il
en lui tendant les clefs.
— Je te remercie. Tu peux y aller maintenant.

— Pas question. Je viens avec toi. Tu t'es regardé au moins ? Tu n'iras pas loin dans cet état !

— Je ne veux pas t'entraîner dans des histoires…

— Tu rigoles ou quoi ?

Jules céda.

Il était quatre heures du matin. Les derniers clients du casino venaient de quitter les lieux. La Clio était postée dans la pénombre, phares éteints, à moins de cent mètres de la sortie du personnel. De là, il était facile pour Jules et Janus d'observer sans risque.

Les trois chauves de la veille sortirent les derniers.

Ils se ressemblaient vraiment. Jules espérait qu'il ne s'agissait pas de trois siamois. Il fallait absolument en isoler un. Les colosses discutèrent encore une dizaine de minutes, avant que deux s'éloignent et rejoignent le parking principal. Le dernier regagna son véhicule, un 4X4 garé juste à côté.

Dès que celui-ci eut dépassé le premier virage, Jules fit signe à Janus de le suivre. Ils descendirent vers Marseille.

Alors qu'ils patientaient à un feu rouge vers le Vieux-Port, la Clio se positionna au cul du 4X4. Jules se faufila et se glissa à l'intérieur côté passager. Le gros chauve ne sembla pas s'en émouvoir.

— Tu comprends vraiment pas vite, toi ! lança-t-il à Jules.

Jules dégaina son Sig-Sauer, l'attrapa par le canon et lui envoya un coup sec et rapide sur le nez. Le sang gicla.

— Démarre, c'est vert !

— Putain ! Connard ! se révolta le gorille. Et j'vais où ?

— Où je te dirai. Pour l'instant tout droit.

L'autre finit par s'apaiser.

— Je n'sais pas si tu sais c'que tu fais.

— Continue, vers les calanques.

— Qu'est-ce-que tu m'veux ?

Jules ne répondit pas.

C'était une nuit sans lune et sans étoiles. Sombre. Uniformément sombre. Les deux hommes, une fois dehors, avancèrent sans voir au sol. Plus ils progressaient, plus le gros chauve perdait de son assurance. Il n'arrêtait pas de trébucher. L'incertitude guidait ses pas. L'anxiété son esprit. L'idée de louper le bord d'une falaise, pour s'écraser beaucoup plus bas, l'obsédait. Mal dans sa tête, pour tout dire.

Jules le suivait en gardant une distance. Ses muscles étaient chauds, il ne ressentait presque plus la douleur du matin, seulement le vent souffler sur la mer. Elle caressait les rochers. Jules s'éclairait avec son téléphone, et il devina plus qu'il ne le vit l'escarpement. L'autre l'avait perçu aussi. Il s'arrêta net. Jules s'approcha et lui colla l'arme dans le dos.

— Bon ! Qu'est-ce-que vous ne voulez pas que je sache ?

— Fais pas le con, vieux !

Une voix retentit au loin derrière eux, et le faisceau d'une lampe torche les balaya.

— Jules ! Jules ! Jules ! Attends !

Janus les avait suivis. Il les rejoignit et tendit son téléphone à Jules.

— J'ai quelqu'un en ligne. C'est pour toi !

Chapitre 5

Un bruit courait dans le milieu des malades de la roulette, des camés des machines à sous et des tordus du black-jack : « *Gustavo Sivaraldi, le patron du Casino, vivait au sous-sol de son établissement.* » Jules n'en savait rien, mais c'était vrai.

L'aube naissait derrière un filet de brume. Retour à la case départ, devant l'entrée du personnel. Plus ou moins remis de ses émotions, le chauve au nez amoché annonça leur présence via l'interphone. Jules fixait Janus.

— C'est toi qui as appelé ?
— Bien sûr que c'est moi ! Tu allais tout droit vers les ennuis. Crois-moi ! Il vaut mieux vous expliquer !

Une armoire à glace, au crâne aussi lisse que ses compères, ouvrit l'antre.

« *C'est pas vrai ! Ils sont combien ?* » s'étrangla Jules.

Ils traversèrent un couloir, longeant des murs en aggloméré, puis s'engagèrent dans un escalier. Quelques marches les menèrent sur un palier devant une porte d'ascenseur. La cage les déposa deux étages plus bas.

Un mastodonte en costard, copie des autres, attendait devant une porte.

— Ce ne sont pas des frères, mais des clones ma parole ! murmura Jules.
— Les frères Sandapoli. Des quintuplés, précisa Janus.
— C'est quoi ici ?
— Un abri anti-atomique.
— Il habite un… Il est ravagé !

Le cerbère leur ouvrit. Les deux autres, dont celui qui avait essuyé la colère de Jules, les accompagnèrent dans une vaste salle au sol en damier. Des colonnes romaines soutenaient des voûtes recréées. Un décor de cinéma. Au fond, sur la droite, une flopée d'écrans qui relatait en direct les activités de l'établissement. Rien n'échappait au maître des lieux.

Celui-ci se tenait au centre de la pièce, assis dans un fauteuil démesuré. L'homme chétif portait une toge blanche, motif doré brodé sur le col, large écharpe rouge cousue par-dessus et sandales. César au XXIème siècle. Jules imagina que Sivaraldi se rendait à un bal costumé, puis se ravisa. Il en conclut qu'il était complètement givré. Sivaraldi s'adressa à son gorille.
— Claudius ! Mon pauvre Claudius ! Notre nouvel ami t'a vraiment bien amoché. Viens là mon petit.

L'autre obtempéra. Il s'agenouilla devant lui, comme aux pieds de son souverain. Puis, blottit sa tête dans les bras que ce dernier lui tendait.

— Allez, allez ! Ce n'est rien ! Je suis là maintenant, le consola Sivaraldi tout en lui caressant le cuir.

Jules, bien qu'éberlué par cette scène surréaliste, n'était pas venu pour le spectacle. Il toussota, histoire de rappeler sa présence. Sivaraldi s'adressa encore une fois à son chien de garde.

— Allez ! Va te soigner à la pharmacie.

Puis, il se souvint enfin de Jules.

— Monsieur Lesquier. Nous avons un contentieux, me semble-t-il ?

— Vous avez ouvert les débats. Je n'ai fait que répondre.

— Heureusement, une connaissance commune. Monsieur Janus, tient à ce que nous nous réconciliions. Alors ? C'est au sujet de M. Vielle. Que souhaitez-vous savoir ?

— Pourquoi est-ce que ça vous gêne que je pose des questions sur lui ? attaqua Jules.

— Ça ne me soucie pas le moins du monde ! Désolé si mes hommes vous ont un peu chatouillé l'autre soir, c'était une malencontreuse initiative. Je n'avais donné aucun ordre. Il faut dire que M. Vielle n'est plus le bienvenu ici, rétorqua Sivaraldi.

— Ah je comprends. Il a acheté un terrain que vous convoitiez.

Il laissa un temps.

— … Et ça vous reste en travers de la gorge.

L'Empereur sourit.

— Pour qui me prenez-vous ? Vous croyez que je m'offusque pour cette histoire de terrain ? Je souhaitais y bâtir un hôtel, c'est vrai. Mais Monsieur Vielle a fait une offre plus intéressante. C'est le jeu. J'aurais pu renchérir, je ne l'ai pas fait. Monsieur Vielle a acheté le terrain. Ce n'est pas un problème pour moi, contrecarra l'hôte de Jules.

— Alors, c'est quoi votre problème avec Pierre ? Savez-vous qu'il n'a pas donné signe de vie depuis deux jours ?

— C'est une question de réputation. Je dirige une entreprise honnête. Votre ami aime le jeu. Trop ! Il fréquente les tripots clandestins. Certainement que mon casino ne l'excite pas suffisamment. Vous devriez chercher par là. … Croyez-moi, les gens à qui il a affaire traitent à leur manière celui qui laisse des dettes.

Janus ramena Jules chez Pierre. La Clio dévala les routes qui serpentaient à travers la garrigue. Le soleil levant leur tendait des pièges, en se reflétant dans le rétroviseur intérieur qui les aveuglait. Jules réfléchissait.

— Tu le connais depuis longtemps ce Sivaraldi ? s'enquit-il.

— Pas mal oui.

— Il trempe dans des trucs pas clairs donc ?

— Ha ha ! Pas tant que ça. Je crois qu'il t'a dit la vérité.

— Non, mais tu l'as vu, il est complètement sorti des rails… T'es d'accord avec moi ?

— Ouais, c'est vrai. Mais ça ne veut pas dire qu'il est con, il gère quand même bien ses affaires.

— À ce propos, qu'est-ce que tu trafiques avec lui ?

— Rien de bien méchant. Des types à influencer ou à remettre dans le droit chemin. Tu vois, quoi !

— Ah oui, tu prêches la bonne parole en quelque sorte. En fait, il a les mêmes méthodes que ses concurrents clandestins.

— Ok, mais ça reste officieux, glissa Janus.

— Hum ! Tu savais que Pierre fréquentait les tripots ?

— Non ! Comment veux-tu ? En plus, ça fait un bail que je ne l'ai pas vu.

— T'en connais ?

— Quoi ? Des tripots ?

— Oui, des tripots, insista Jules.

— Bien sûr que j'en connais. Mais ce n'est pas ceux que Pierre fréquentait. Je l'aurais su. Je me renseigne si tu veux.

En le déposant, Janus conseilla à Jules de se reposer. Lequel ne se fit pas prier. En fin de matinée, il faisait déjà chaud dans la chambre. La température réveilla notre ami. Il traversa le jardin pour profiter de l'expresso de Pierre, lorsqu'il surprit deux ouvriers sur la terrasse.

— Bonjour !

— Bonjour Monsieur, répondirent-ils en chœur.

— Qu'est-ce que vous foutez là ?

— Eh bien, on change la porte-fenêtre Monsieur, expliqua le plus âgé, la quarantaine. Vous êtes le propriétaire ?

Jules ne répondit pas.

— Qui vous a engagés ?

— Madame Delcourt, Monsieur.

— Qui ? Madame Delcourt ? Connais pas.

— Ah bon ! Madame Samantha Delcourt, vous ne connaissez pas ? rétorqua l'ouvrier assez surpris.

— Ah Samantha. Oui bien sûr. Il fallait le dire plus tôt. Ça va ! Vous pouvez continuer.

Le goût intense de l'expresso le revigora. Il appela Sam aussitôt.

— Bonjour Madame Delcourt, la taquina-t-il.

Elle gloussa gentiment.

— J'espère que tu sais où est le double de clefs. Le studio, c'est bien. Mais j'ai quand même envie de profiter de la grande maison.

— Oui, dans l'entrée, il y a une petite boîte accrochée au mur. Elles sont dedans. Alors, ça c'est bien passé hier soir ?

— Je suis vivant et pas plus amoché qu'hier. Donc, on peut dire que oui.

— Je commence à m'inquiéter pour Pierre, maintenant. Tu as appris des choses ?

— Pas vraiment. J'avoue que je suis dans une impasse, mais il y a encore des pistes à explorer.

… Je te sors ce soir.

Elle s'esclaffa.

— Chouette ! Y a-t-il un dress-code ?

— Oui. Enfile-moi ce que tu as de plus sexy.

Chapitre 6

Fin de l'après-midi.

Samantha avait promis à Jules de se changer après le boulot avant de le rejoindre. Pour patienter, il s'installa dans le salon sur le canapé en cuir blanc, devant les infos régionales. L'écran haut de gamme face à lui occupait presque tout le mur du fond.

Les actualités relataient un crime qui faisait la une de ces derniers jours. Le corps démembré d'une jeune femme avait été retrouvé deux semaines auparavant aux environs de Marseille. Son mari venait d'être arrêté. *« Crime passionnel ? Corps démembré ? Les deux vont pas trop ensemble. Enfin, les flics savent ce qu'ils font... J'espère »,* rumina Jules en lui-même. Une observation du journaliste l'interpella. Du genre qui passe inaperçu aux oreilles distraites. Le reporter citait une statistique : le nombre de crimes commis dans la région par des maris ou amants jaloux était en forte augmentation ces douze derniers mois.

Plus tard, Jules prépara un rougail de saucisses. Alors qu'il éminçait ses oignons blancs, il réalisa que l'application qu'il y mettait avait un sens. Inconsciemment, il cherchait à épater Samantha. Ça ne lui plaisait pas. Ça n'était pas lui. Sauf peut-être son double romantique qu'il pensait depuis longtemps enterré.

La belle se pointa vers vingt et une heures en jean, tee-shirt blanc et baskets. Après lui avoir collé un baiser baveux sur la bouche qui ne le laissa pas indifférent, elle lui présenta le sac en papier qu'elle tenait dans les mains.

— Ma tenue de soirée ! Surprise !
— J'ai hâte, s'enthousiasma Jules. Tu as deviné où je t'emmène ?
— Bien sûr, au...au...au SEX-PARADISE ! YOUPEE !, fit-elle agitant les bras comme une pom-pom-girl.

Ils s'installèrent chacun d'un côté du bar. Samantha apprécia la cuisine de Jules, accompagnée de riz. Elle boulotta comme une affamée, se gavant de sauce et de féculents. Elle dévorait comme si sa vie en dépendait. Jules la regardait. Il convint qu'elle mettait son cœur et toute son âme dans tout ce qu'elle faisait. Là, en face de lui sur son tabouret, elle croquait la vie. Elle serait sans regret s'il n'y avait plus de lendemain. Elle fonctionnait ainsi.

Jules devenait envahi de sentiments contraires. Du genre shakespearien, être ou ne pas être ; aimer ou ne pas aimer.

En tout cas, il eut soudainement très envie d'elle. Il voulait l'entendre éructer des horreurs. Qu'allait-elle encore inventer ? Il l'attrapa sous les aisselles et l'amena vers lui. Assiettes, verres et couverts valdinguèrent.

Elle se retrouva ni une ni deux sur le plan de travail. Elle était pieds nus. Il lui enleva son jean et sa culotte dans le même geste. Arracha son tee-shirt. Pas de soutien-gorge, ses petits seins jaillirent entre les lambeaux de tissu. Jules en saisit un, le malaxa sauvagement et lui tordit le téton.

Elle gémit. Il amena ses jambes jusqu'à lui et les écarta, puis haussa le minou rasé jusqu'à sa bouche. Il ressemblait à une pêche juteuse ; au milieu, son clitoris lançait un SOS. Jules joua avec, le titillant d'une langue habile. Sam gémit plus fort.

Lui se rassit et la retourna. Elle était de dos. Il lui attrapa les chevilles, amena les pieds de son amante contre lui, le long de ses hanches. Elle s'agrippa aux bords de la table. Il entra. Doucement. Son sexe progressait avec lenteur dans ce corps merveilleux. Il voulait ce rythme, qui faisait du bien à chacun. Elle remua le bassin de bas en haut, indépendamment du reste de sa personne. Son postérieur paraissait plus gros. Elle se mit à rugir avant de se calmer un peu et de ralentir la cadence.

— Prends mes cheveux ! soupira-t-elle. Vas-y, vas-y !

Jules s'exécuta et plaça son visage à côté du sien pour lui rouler une pelle. Leurs langues s'entremêlèrent dans un flux de salive. Quand il retira ses lèvres, elle lui cracha à la face en riant, puis elle lécha le dessus de la table comme une chienne déshydratée. Avec une satisfaction sans pudeur. Faire ce qui ne se fait pas. Ce que les enfants découvrent qu'on peut accomplir quand on est devenu grand. Parce que là on a le droit. Le désir qui domine. L'amour délicieusement cochon. Le sexe dégueulasse qui emplit de joie. Mais quand on jouit de la vie, où sont les limites ?

Sam aimait le faire, et elle savait qu'elle était belle en le faisant. Elle mettait Jules de son côté. Et il était effectivement séduit, excité, emballé. Il tira sa tignasse et lui passa sa langue sur ses joues.

— Salope ! lui murmura-t-il à l'oreille.
— Je sais, chéri. Je suis ta salope, ta pute. Je mouille et j'écarte dès que tu es là. Tu y as droit. Tu peux me mettre quand tu veux. Je suis ta maîtresse et ta chose. Je sais ça et j'aime… Aaaahhh ! Enfonce, oui, enfonce bien … Rentre-moi tout... Je suis à toi !

Elle proférait ces impudeurs entre soubresauts et halètements de moins en moins contenus. D'une seule main, il ramena les deux pieds de Sam contre sa poitrine. Son phallus s'en retrouva compressé. Cette position arrondissait les fesses de Sam, deux joues bien fermes. Jules, qui les compara à une paire de djembé, les tapota comme pour jouer un air africain. Elle se retourna et rit. Un rire hystérique. La position devenait trop inconfortable.

Jules reposa la fille au sol. Il la pénétra à nouveau alors qu'elle s'agrippait aux poignées du frigo américain. Ses jambes écartées étaient tendues comme un compas. Lui, envoya des coups de reins toujours plus violents.

— Bouhouh ! fit-elle comme si elle pleurait.

Il aima ce qu'il venait de provoquer chez elle. Elle chialait comme s'il la maltraitait. Il ne lui aurait jamais fait de mal, mais sa queue était grosse de désir, du plaisir coupable de soumettre l'autre, de violenter un peu cette nana jeune et jolie. C'était bon pour lui. Ce qu'il donnait et recevait.

Elle se mordit le biceps pour s'empêcher de crier. Elle se libéra pour se retourner et sauta dans les bras de Jules en s'empalant sur son sexe. Il la portait, elle était légère. Elle dansait sur sa queue, et lui la guidait en maintenant ses petites fesses entre ses mains. Pantelante, elle s'accrochait à son cou.

— C'est bon … Oui …. Continue, continue. Ne t'arrête pas ! Je t'en supplie ne t'arrête pas, lui susurrait-elle à l'oreille.

Puis vint la délivrance. Ils restèrent ainsi quelques minutes à reprendre leur souffle.

Fin du coït.

Sous la douche, Jules se demandait s'il avait déjà connu ça. Des aventures torrides, oui, mais pas à ce point.

« *Cette fille me tient par les couilles* », se-dit-il. Sa bonne humeur laissa une petite place à l'amertume.

Pendant ce temps Samantha s'affairait, elle était presque prête. Elle portait un bustier gris transparent à dentelles, culotte, collants et porte-jarretelles assortis. Ne restait que sa robe à passer. Cousue dans un tissu noir très fin, portée très près du corps. Jules s'empressa de remonter le zip dorsal. Pour finir, Sam passa des chaussures rouges à très hauts talons. Jules avait opté pour un costume en lin blanc sur une chemise bleu ciel.

Un léger crachin d'été souillait le pare-brise de la Porsche, obligeant Jules à solliciter les essuie-glaces toutes les trente secondes. Ils longeaient le Vieux-Port. Les couleurs de la ville se reflétaient dans les flaques. Sam remarqua les coups d'œil furtifs de Jules sur le rétroviseur.

— Un truc qui cloche ? s'inquiéta-t-elle.
— Pourquoi ça ?
— Tu n'arrêtes pas de regarder derrière.
— Nous sommes suivis.
— Ça fait longtemps ?
— Depuis qu'on est partis.
— C'est qui à ton avis ? Ceux qui ont enlevé Pierre ?
— Je ne sais pas. Mais on finira bien par le savoir. Tant qu'ils nous suivent, nous n'avons pas besoin de les chercher. Et puis… Je ne pense pas que Pierre ait été enlevé. Je pense plutôt qu'il se cache, estima Jules.
— Qu'est-ce-qui te fait croire ça ?
— Eh bien… Déjà, le fait que certains veuillent le loger.

Après avoir effectué un créneau, rue des docks, Jules observa les poursuivants qui les dépassèrent. Puis lorsqu'ils se rendirent à pied jusqu'au Sex-Paradise, deux silhouettes peu discrètes marchaient derrière eux.

L'intérieur ressemblait à n'importe quelle boîte de nuit, excepté les salons équipés de rideaux. Leurs occupants, s'ils le souhaitaient, échappaient ainsi aux regards. Certains, par contre, ne se privaient pas de s'ébattre à la vue de tous. Clientèle variée. La plupart des couples dépassaient la cinquantaine et même largement... L'éclate et le plaisir n'ont pas de bornes. À côté de jolies filles aguicheuses se trémoussant sur le dance-floor ou se laissant faire sur les canapés, beaucoup de femmes trop rondes, qui a priori ne donnaient pas envie, déballant leurs atouts comme la viande chez le boucher. Mais le sexe ne se fait pas qu'entre gravures de mode ; tous sont sujets au déchaînement des sens, à la voracité du bas-ventre. Les hommes mûrs le savent bien, s'ils accompagnent leurs épouses c'est aussi pour les larguer un moment. Trouver en n'importe quelles autres mains toutes les satisfactions possibles. Faut pas se la raconter... On venait ici, qui qu'on soit, pour bander et jouir.

Jules et Sam s'accoudèrent directement au bar. Lui, même s'il n'en laissait rien paraître, se sentait aussi à l'aise qu'un condamné à mort sur la chaise électrique. Sam, elle, évoluait comme une canne dans sa mare ; mieux, une lionne dans sa faune.

Elle ne tarda à repérer une de ses connaissances, une femme magnifique à la peau d'ébène. Celle-ci avait attaché ses cheveux aux tresses colorées en nœud sur sa tête, et laissé retomber l'excédent jusqu'aux hanches. Ses traits étaient fins, son sourire rayonnant dans une bouche immense. Difficile de lui donner un âge, peut être quand-même l'aînée de Sam. Elle arborait une robe de soirée en paillettes. Elles semblaient ravies de se retrouver, à voir comme elles s'étreignaient. La black prit place sur un tabouret libre qu'elle rapprocha.

— Alors, t'es venue t'amuser un peu ? questionna-t-elle.
— Je suis venue montrer à mon chéri. Je te présente Jules.
« *Mon chéri ? Déjà un signe d'appartenance* », conclut-il.
— Jules, Cassandra, une très bonne amie à moi. Elle tient une boutique pas loin. C'est là où j'achète mes dessous.
Jules sourit.
— Enchanté Cassandra, répondit-il.
Sa beauté l'intimidait. Sam renchérit :
— Et toi ma belle ?
— Oh moi. Je viens juste accompagner mon cousin.
Elle désigna un black qui se frottait contre des beautés sur la piste de danse.
— Je ne suis pas venue pour le sexe. Sauf, si j'en trouve un qui me plaît.
Elle toisa Jules avec insistance. Sam ne fut pas dupe.
— Oh ! Doucement ! Il est à moi celui-là.
« *Et ça continue !* » se dit Jules. « *Ça devient dangereux.* »

— Tu n'es pas aussi exclusive d'habitude.

Elles éclatèrent de rire ensemble. Jules se devait de prendre l'initiative.

— Je vous offre quelque chose ?

— Volontiers, réagit Cassandra. Un mojito please.

— Pareil, suivit Samantha.

Jules se contenta d'un simple rhum ambré avec beaucoup de glace, mais qui avait la faculté de le détendre. Leur conversation, la demi-heure suivante, ne présentait pas grand intérêt pour lui, contrairement aux regards en coin de Cassandra à son égard. Puis ils furent interrompus par le barman qui se pencha vers Jules.

— Monsieur.

— Oui !?

— Le monsieur à la table du fond là-bas, souhaite vous inviter avec Mademoiselle.

Il désignait Samantha. Jules jeta un œil dans la direction indiquée. Un couple occupait un des salons. L'homme, bien qu'assis, laissait deviner une stature imposante. La femme qu'il accompagnait, une blonde, ressemblait à une actrice de films porno ultra-siliconée.

— Viens Sam, on y va, proposa Jules.

Ils prirent congé de Cassandra avec regret. L'hôte, un blond à la cinquantaine en ligne de mire, les invita à s'asseoir. Coupe courte et stricte, rasée sur les côtés, à peine plus longue sur le dessus. Il portait une chemisette noire coupée dans un tissu brillant sur un pantalon de costume sombre. Ses manches, retroussées jusqu'à ses épaules, laissaient deviner une musculature tendue mais fine. Sa compagne du soir le collait dans une robe moulante que l'on pût facilement confondre avec une nuisette et qui lui remontait jusqu'à la culotte.

— Merci d'accepter mon invitation, dit-il.

Il souriait. Un sourire carnassier qui laissait entrevoir ses dents blanches, néanmoins figé comme s'il interdisait à ses zygomatiques une liberté excessive. Il plongea ses yeux couleur d'acier dans ceux de Jules. Un de ces regards qui vous tordent l'âme. Jules ne s'en émut pas. Il avait pris l'habitude dans sa vie de flic.
— Hans Mayer, se présenta-t-il, et voici Anna.
— Jules Lesquier, Samantha.
— Oui, je connais la demoiselle qui vous accompagne, répondit-il sans même la regarder. Elle était avec l'une de mes connaissances. Monsieur Vielle. Vous voyez peut-être ?
Hans avait un accent germanique prononcé.
— Il se trouve que je loge chez lui. Je suis parisien.
— Alors comment va notre ami Pierre ?
Samantha s'engouffra dans la conversation.
— Eh bien, figurez-vous…
Jules la coupa.
— Il va bien.
— Tant mieux. J'espère que nous le reverrons bientôt dans les parages. Je crois qu'il apprécie autant que moi cet endroit. Et puis, nous avons une autre passion en commun, renchérit Hans.
— Laquelle ?
— Les cartes, Monsieur Lesquier, les cartes. Et vous Monsieur Lesquier, aimez-vous les cartes ?

— Absolument. C'est également un de mes passe-temps.

— Parfait ! Peut-être aurons-nous l'occasion de nous y retrouver un de ces jours, proposa-t-il.

— Certainement. Donnez-moi vos coordonnées, je vous rappellerai.

— Oh pas besoin. Vous me dites que vous logez chez Pierre. Je saurai donc vous contacter, si j'ai vent d'une partie intéressante. Qu'est-ce-que vous préférez ? Poker, belote, tarots ou autre ?

— Peu importe.

— Quel que soit le jeu auquel je joue, il y a toujours une mise. Est-ce-que ça vous dérange ?

— Non ! Bien au contraire !

Hans remplit les coupes de champagne et se leva.

— Alors trinquons à cela ! Zum Wohle !

Anna l'imita, alors que Jules et Sam se contentèrent d'un simple « santé ».

— Nous sommes ici entre adultes avertis n'est-ce pas ? continua Hans. Mademoiselle Samantha, vous êtes vraiment magnifique. Ah oui ! Je me souviens la dernière fois que vous êtes venue avec Pierre. Il y avait une autre femme également... Très typée ?

— Zora ?

— Ah oui ?

— Et vous, Samantha ? Je vois que vous aimez fréquenter les Africaines. Alors, vous aimez aussi les grands blacks ?

Samantha regarda sans se contrôler Jules en coin et rougit. Jules intervint.

— Eh bien ! Monsieur Mayer. C'était très agréable, mais il commence à se faire tard, nous allons prendre congé.

— Oh, comme c'est dommage !

Jules et Sam se levèrent et saluèrent leurs hôtes. Hans l'interpella.

— Monsieur Lesquier ? Vous aimez les cartes certes. Mais est-ce-que vous aimez le jeu ?

— C'est ce que je préfère.

— Et que seriez-vous prêt à miser ?

— Tout ce que j'ai !

— Parfait ! C'est ce que je voulais entendre.

Chapitre 7

Sur le retour, Jules remarqua qu'ils étaient toujours pistés. Il préféra déposer Samantha chez elle. Il valait mieux qu'elle ne soit pas dans le coin si ça devait se gâter. Durant le trajet, jusqu'à la rue Poucel, leur conversation tourna surtout autour de la personnalité de Hans Mayer. Elle le trouvait abject. Jules approuva, mais pour lui cela ne l'impliquait pas forcément dans la disparition de Pierre.

Au milieu de la nuit, Jules gara la Porsche. En entrant dans le parc, les cerbères le dépassèrent à nouveau. Même fatigué, s'il avait eu accès aux caméras de surveillance, il aurait veillé devant les écrans de contrôle. Il décida de réparer le système anti-intrusion le lendemain. Mais pour l'utiliser ensuite, il lui faudrait le mot de passe ouvrant le PC de Pierre.

Il se leva aux aurores en quête d'un magasin de bricolage. Il y trouva toute la connectique dont il avait besoin. En milieu de matinée, il avait terminé les réparations.

Il gagna le bureau de son ami à l'étage. Devant l'ordinateur de Pierre, commença la danse du ventre pour débloquer la bécane. Il essaya « black-pussy ». Cela ne donna rien. Pierre aurait aussi bien pu choisir de mettre le premier mot en majuscule et le second en minuscule ou l'inverse. Trop de combinaisons possibles, alors qu'il n'avait droit qu'à trois tentatives. La date de naissance de Pierre n'eut pas plus de succès. Jules réfléchit. Pierre était un homme pragmatique. Il aurait choisi quelque chose de simple, de facile à retenir sans avoir besoin de le noter. Jules tenta « Zora ». Bingo ! *« Cette femme est donc si importante à ses yeux. »*

Il activa les caméras. De là, il pouvait voir devant le portail grâce à celle positionnée en façade, le côté de la maison à l'aide d'une seconde, et sur le parc avec la troisième au-dessus de la terrasse. Il en profita pour fouiner dans les fichiers de son ami, sans résultat.

Midi approchait et Jules cogitait. Il devait bien avouer que son enquête n'avançait guère. Tout du moins, il n'avait toujours aucune idée de l'endroit où se trouvait Pierre et même s'il était vivant. Le pourquoi de sa disparition restait aussi un mystère. Puis il se souvint de l'énigme laissée dans la boîte à gants de la Porsche. Il restait persuadé que cette caisse pouvait le mettre sur une piste.

Grâce à un nombre impressionnant d'outils rangés dans le garage, Jules se mit à l'œuvre. Il démonta le panneau intérieur des portières, puis le tableau de bord. Il ôta tous les caches, puis s'attaqua à l'auto-radio, et aux phares. Il termina par les deux sièges. Rien, rien et rien ! Vers seize heures, son ventre le tirailla et il réalisa que le temps filait sans qu'il s'en aperçoive. *« C'est ce qu'on appelle ramer » se dit-il.* Mais en fin de compte, Pierre, malgré son garage ressemblant à un entrepôt logistique de mécanique, n'était pas pour Jules un as dans ce domaine. Tout ça pour rien. Pourtant, il avait l'intime conviction que Pierre s'était servi de cette bagnole pour attirer son attention. Son instinct ne le trompait jamais. Il siffla un sandwich pour se redonner du courage, puis remonta le tout.

Samantha se pointa vers dix-neuf heures. Assis au bar de la cuisine, Jules, dubitatif, tripotait machinalement la clef électronique de la Porsche. Sam comprit, à son air absent, qu'il ne fallait pas le déranger. Elle savait ce dont il avait besoin et se dirigea vers le placard où Pierre rangeait ses bouteilles. Deux Diplomaticos avec beaucoup de glace atterrirent sous le nez de Jules. Il leva enfin la tête.

La blonde était en tenue décontractée comme à son habitude après le travail.

— Tu m'as l'air contrarié, dit-t-elle dans un doux regard.

— J'ai l'impression de ne pas avancer.

— Tu ne penses pas qu'on devrait appeler la police ?

— Je connais trop ce milieu pour savoir que non.

— Tu penses toujours que Pierre se cache ?

— Ce n'est qu'une supposition. Mais c'est mon idée première. Il m'a appelé le soir même de sa disparition. Il n'était pas serein. Sa voix tremblait. S'il se planque, je suis certain qu'il m'a laissé un indice, afin que moi seul puisse le retrouver. Quelque chose me dit que c'est dans la Porsche. L'autre jour, j'ai découvert un mot dans la boîte à gants … « Ça porte malheur » disait-il. Grâce à quoi, de déduction en déduction, j'ai trouvé de quoi la démarrer. Et tu sais où ? Dans la bouffe de Pandorette.

Sam visiblement était larguée. Jules précisa :
— C'est un chat noir. Dans son téléphone, un de ses contacts est enregistré au nom de Black-Pussy. Black, noire, chat, minou, chatte égale Pussy. Un numéro où personne ne répond. Pandorette est un chat noir. On dit que ces bêtes portent malheur. Même le pendentif relié à la clef de la Porsche est un petit chat noir en peluche... Attends !...

Il réfléchit encore. Ses yeux s'illuminèrent.
— Bien sûr ! Le pendentif !
Il malaxa l'objet.
— Donne-moi un couteau de cuisine. Un sans dents, avec une lame tranchante.

Sam s'exécuta. Jules découpa délicatement le ventre du petit jouet, retira l'ouate à l'intérieur. Il y plongea les doigts. Un sourire satisfait s'afficha sur son visage.
— Une clef USB ! Allons la faire parler.
— Yes ! approuva Sam.

Ils gagnèrent l'étage, le bureau de Pierre, ses écrans de contrôle et l'ordinateur du propriétaire. Jules ouvrit le fichier qui se trouvait dans la clef.

On y voyait Pierre se mettant en scène. Il se trouvait là où ils étaient, dans le bureau devant les écrans de contrôle vidéosurveillance.

Il commença à parler :
« *Jules, cette vidéo est pour toi. Écoute attentivement mon histoire, je te la raconte pour que tu comprennes tout, si jamais il m'arrivait malheur. C'est un peu long mais nécessaire :*

en janvier, une nana, une Kabyle, est venue à l'agence. Elle candidatait à une annonce. Je cherchais une seconde assistante.

Je l'ai installée au bout du couloir dans le bureau de Samantha.

Pendant des mois, je n'ai pas fait attention à elle. Je l'entendais seulement se faire former par sa collègue.

Puis j'ai commencé à la regarder.

Un peu plus petite que moi, corps menu, teint d'Européenne, dorée et très, très jolie. Cheveux longs arrangés différemment chaque jour. Mais souvent en chignon derrière la nuque et retombant autour du visage dans un désordre étudié.

Front haut, nez droit, bouche charnue, belle et sensuelle. Mais qu'on pourrait regarder autant pour l'esthétique que pour l'amour.

Voix un peu grave. Accent de là-bas à couper au couteau. Mais moi ça m'excite, ça fait fille des bois, un peu limite, canaille. Avec cette façon qu'ils ont de prononcer les "d" de façon mouillée ; tu vois, la fille qui te dirait par exemple – quand tu es en situation – "Oooh oui, c'est djuuur...".

La fille donc correcte mais qui attire diablement.

Quelquefois en fin de semaine, quand le personnel prend le petit-déjeuner dans la pièce-cuisine, elle m'apportait des cornes de gazelle. Je refusais parce que ça me profite, mais, penchée vers moi, je ne pouvais que regarder ce visage souriant, le regard planté dans le mien.

Puis elle a pris l'habitude de passer dans mon bureau.

Elle traversait le couloir, laissait la porte ouverte, venait s'asseoir sur la chaise en face de moi, calait ses fesses et me regardait en silence. J'aurais voulu la dévisager, la contempler sans rien dire. Pour le plaisir.

Mais, pour que nous donnions le change, j'entamais une conversation artificielle pour ne pas rester muets.

Un week-end je me baladais en ville, sans avoir rien à y faire de spécial. Comme tous les mecs de bas étage, je me dis que je pourrais voir la fille.

Je lui propose par sms de me retrouver pour déjeuner au stade Vélodrome. Elle m'y rejoint. Nous passons un repas pas très long mais charmant. Quelques jours avant elle m'avait envoyé deux selfies qu'elle avait faits dans son bureau. Je lui avais répondu "Je vous aime", ce qui ne l'avait pas choquée. Puis nous nous étions écrit par sms. Je pensais sans cesse à elle, cela ne m'était pas arrivé depuis un bail. Je savais que je devenais pour elle une connaissance plaisante, mais sans amour de sa part. Moi c'était le contraire. Elle était mon amour. Nous nous le sommes dit à ce repas. Quelquefois en nous parlant, pour appuyer un propos, nos mains se touchaient et restaient furtivement en contact. Au milieu elle me dit : "Allez, ça va, on se tutoie". Culotté en face de son patron, quand-même! Mais ça me séduisait encore plus.

Un jour elle m'avait dit : "Tu viendras prendre le café chez moi en fin de journée". Ça devait être un lundi, ça s'est fait finalement le mardi suivant.

Elle a un appartement dans un HLM vers la gare. Elle m'a proposé de me déchausser, et m'a installé sur un matelas surélevé dans son salon et elle, tête-bêche dans un transat ramené à côté pour se parler facilement. Dans la discussion, je lui prenais la main, le poignet et nous nous maintenions ainsi quelques secondes. Conversation en sourires.

Mais elle avait à faire dehors. Avant de partir, je lui dis : « Si on veut se voir, c'est cette semaine, c'est le moment ou jamais ».

Elle était d'accord. Je la retrouve chez elle le mercredi. Même café, même installation dans son salon, mais inversée : elle est sur le matelas, moi sur le transat.

A un moment je lui demande l'heure, elle me dit "18 heures". Je devais la quitter à dix-neuf heures, je pensais qu'il nous restait une heure. « Non, rectifie-t-elle, une demi-heure. Je dois sortir. ».

Je ressentais que nous aurions une relation très amicale – la confiance et la spontanéité s'étaient installées très rapidement entre nous – sans aller plus loin. A dix-huit heures vingt, je me penche vers elle et lui embrasse la main. Et là je me dis que rien ne m'interdit de tenter. Mes baisers deviennent appuyés, puis je me sers de ma langue sur sa main, entre ses doigts, sur sa paume. Je tombe au sol du transat, les genoux écartés, pour mieux être à l'œuvre. Elle me dit doucement, les yeux fermés : "Ça, c'est sexuel", ou "Ça devient sexuel", mais laisse faire. Elle murmure soudain que sa "chatte" (c'est elle qui parle) se sent seule. Je passe de la main à ses cuisses, puis remonte sur son slip que sa robe, qui avait glissé devant, a découvert. Je l'embrasse à travers le slip, qu'elle enlève. Elle est faite merveilleusement ; petites lèvres rasées, sans odeur contrairement à ce qui l'inquiétait, intérieur chaud, très doux, très humide. Je la lèche comme j'en ai envie, c'est-à-dire avec beaucoup de plaisir ; elle réagit et commence à tressauter. Je vais plus loin, juste de l'autre côté ; elle est aussi propre derrière que devant, aussi douce, aussi mouillée ; elle se laisse faire. Je reviens à sa chatte, puis nos visages se rapprochent. Elle ne bouge pas, bouche ouverte ; je mords doucement ses lèvres, sans plus. Je me relève à contrecœur, car le temps s'enfuit.

La vie me prouvait, encore une fois, que ce qu'on croit possible ou impossible ne se vérifie pas toujours. Que l'inattendu en fait partie. Pour moi, avec elle, rien ne devait se passer. Une chose a peut-être aidé le hasard... Je rêvais depuis quelque temps de lui adorer les pieds. Je me suis vu, plusieurs fois, le faire. Je me suis sans doute persuadé que je pouvais le faire. Aujourd'hui, l'urgence m'a fait embrasser sa main. Et tout est parti de là. »

Soudain Pierre tressaillit comme s'il avait entendu un bruit dans la maison. Il coupa la caméra. Fin du récit.

Samantha resta médusée.

— Ils sont amoureux ces deux-là ? Je ne me suis doutée de rien.
— En tout cas, lui est amoureux, c'est sûr.
— Tu penses qu'ils sont partis ensemble ?
— Je ne sais pas. Dans ma carrière, j'ai appris à ne pas tirer de conclusions hâtives. Il n'a pas eu le temps de finir son enregistrement. Nous n'avons donc pas appris grand-chose. Sauf, sûrement, qu'il a été dérangé. Il faudrait savoir par quoi et par qui. Il faut que j'étudie cette vidéo plus attentivement.

— Désolée, je ne sais pas très bien cuisiner. Mais je vais essayer de te préparer un truc.

— Tu as tellement d'autres talents…

La mine de Sam s'illumina.

— Des sandwiches ça ira ?

— Je n'ai pas rempli le frigo. Commande un Chinois s'il te plaît.

— Bien mon général, fit-elle en imitant le salut militaire.

Jules s'attela à la tâche. Il visionna le fichier une dizaine de fois, se focalisant sur le visage de Pierre, cherchant une expression qui en dirait plus que des mots. Mais il ne trouva rien. Sam le rejoint avec deux parts de riz cantonnais, du canard laqué et des crevettes thaï. Elle s'installa dans le fauteuil à côté de Jules.

— Canard ou crevettes ?

— Ouvre et on partage tout ! Si ça te va, proposa Jules.

— Yes !

Il continua ses recherches pendant que Sam l'imitait, espérant trouver quelque chose avant lui. Si elle réussissait, il serait certainement fier d'elle. Cette fois, Jules décida de scruter ce qui se passait autour. Pierre à l'image, les trois écrans de contrôle de vidéosurveillance étaient le seul arrière-plan visible. Le détective coupa le son pour optimiser son attention.

Vers la fin du topo de son ami, Jules crut apercevoir une ombre se mouvoir sur l'image de la caméra « portail », puis tout de suite après sur celle qui filmait sur le côté.

Sur la dernière, cela se précisait. On y distinguait deux silhouettes : deux hommes masqués embarquant quelque chose, un sac apparemment, qui pouvait contenir n'importe quoi. De la façon dont ils le portaient à chaque extrémité, cela pouvait très bien être une personne...ou un corps.

Chapitre 8

Le lendemain, Sam se rendit à l'agence de très bonne heure. Jules se réveilla seul. La petite blonde l'appela en milieu de matinée alors qu'il examinait une nouvelle fois la vidéo de Pierre. Il entendit d'abord des sanglots. Elle essayait de prononcer son prénom mais n'y parvenait pas, butant invariablement sur le premier mot.

— Ju.. Ju…
— Que se passe-t-il Sam ? Essaye de te calmer. Je suis là, je t'écoute. Allez ! Reprends ton souffle. Respire calmement.
Sam haletait dans le téléphone, sa respiration ne trouvait pas son rythme. Elle réussit enfin à parler.
— C'est terrible Jules. C'est horrible !
Elle pleurait toujours.
— Que s'est-il passé ?
— C'est Zora. Elle est morte.

Sam suffoquait.
— Comment le sais-tu ?
— La police est venue. Ils cherchaient Pierre. Ils m'ont dit qu'ils avaient découvert le corps de Zora, résuma-t-elle péniblement.
— Que leur as-tu dit sur Pierre ?

— Pas grand-chose. Juste qu'il m'a prévenue qu'il s'absentait un moment et qu'il me laissait gérer l'agence. Rien de plus. Ils ont bien vu que j'étais bouleversée. Ils n'ont pas insisté. Ils vont me convoquer. Par contre, je leur ai dit que tu étais chez lui. J'ai bien fait ? Dis-moi que je n'ai pas dit de bêtises, l'implora-t-elle.

— Non. Tu as dit ce qu'il fallait. Ils ne vont certainement pas tarder à venir.

— Tu sais, je l'aimais vraiment beaucoup Zora, même si je ne la connaissais pas bien.

— Oui, c'est triste. Je t'appellerai quand les flics seront partis. Ce n'est pas la peine que tu restes seule à l'agence. Ferme la boutique et rejoins-moi après.

Comme Jules l'avait prédit, la flicaille ne tarda pas, le temps de faire le trajet. Ils marchaient par paire ici à Marseille comme partout ailleurs en France. Celui qui se présenta en premier devait avoir la quarantaine, le second paraissait un peu plus jeune. Il était aussi plus petit et plus trapu, plus nerveux également. Le genre qui veut faire croire qu'une étincelle lui suffirait pour en découdre.

Ces deux-là avaient le style classique des policiers phocéens du 21éme siècle en milieu de carrière. Cheveux coupés court pour la dégaine militaire, barbe de trois jours pour le côté viril, tee-shirt basique, jean et baskets en cas de course-poursuite. Leur arme restait bien en vue dans le holster sous l'aisselle, prête à être dégainée. Le plus âgé avait un tatouage tribal autour de son biceps. Il se présenta.

— Police, dit-il en exhibant sa carte comme si ça n'allait pas de soi. Inspecteur Pujol… Et lui c'est l'inspecteur Sanchez, désignant la petite boule.

— C'est pour quoi ?

— Nous cherchons Monsieur Pierre Vielle, c'est vous ?

— Non. Qu'avez-vous après lui ?

— Ça, ça ne vous regarde pas, répondit le plus jeune.

— Connaissez-vous Zora Kadri ? demanda l'autre.

— Non, c'est qui ?

— Une assistante de Monsieur Vielle. Elle est morte et apparemment pas de mort naturelle. Et vous, vous êtes qui ?

— Jules Lesquier. Un ami de Pierre.

— Vous savez donc où il se trouve.

— Absolument pas. Il m'a invité à passer quelques jours chez lui, mais lorsque je suis arrivé, il n'était pas là. Son autre assistante, Mlle Delcourt, m'a dit qu'il était parti quelques jours.

— Il vous invite et il n'est pas là à votre arrivée. Bizarre non ? attaqua le roquet.

— Je dirai surtout que c'est pas très poli. Mais le connaissant, cela ne m'étonne qu'à moitié. Il est un peu fantasque.

— Qu'est-ce-qui vous est arrivé ? s'enquit le tatoué, en désignant le visage de Jules qui témoignait encore de son altercation avec les frères Sandapoli.

— Accident domestique.

— Ah ! Vous ferez plus attention la prochaine fois que vous faites le ménage.

Jules se fendit d'un sourire en coin.

— En tout cas, si vous avez des nouvelles, voici ma carte, conclut le policier.

Sam rejoignit Jules peu avant midi. Elle avait bouclé l'agence, en laissant à la porte « Fermé pour cause de deuil ». Elle avait la tête des mauvais jours que Jules ne lui connaissait pas. Elle se blottit contre lui ; ils restèrent ainsi plusieurs heures sur le canapé. Elle finit par s'endormir. Jules en profita pour faire quelques courses. Un bon petit repas pour la belle l'aiderait peut-être à retrouver le moral. Un poissonnier sur sa route lui vendit des joues de lotte qu'il fit mariner le temps voulu avant de les servir dans une sauce aigre douce. Observer Mme Doumergue ces dernières années, et l'imiter lorsqu'elle était en congés, avait fait de Jules un chef plus que respectable.

Un semblant de sourire orna le visage de Sam alors qu'elle dégustait le mets.

Elle finit par parler.
— Tu penses que c'était son cadavre dans la vidéo ?
— Possible, je ne sais pas Sam. Je le découvrirai, comme ceux qui lui ont fait ça, je te le promets.
— En tout cas, ce n'est pas Pierre. Il est incapable de faire une chose pareille.

Elle se mura à nouveau dans le silence et finit par aller se coucher.

Une hypothèse grandissait dans l'esprit de Jules. Pierre l'appelle samedi dernier, il était inquiet, peut-être même effrayé. Pourquoi ? Des personnes avaient kidnappé Zora, la femme dont il était amoureux. Pourquoi ? Ça reste à découvrir. Pierre sollicite l'aide de Jules. Mais comme il craint également pour lui-même, il enregistre cette vidéo. Il est interrompu par un bruit. Les ravisseurs lui ramènent le corps de Zora, l'obligeant à s'en débarrasser lui-même et faisant de lui le coupable idéal. Pierre décide alors de se cacher et demande à Jules de ne plus venir. Pourtant, cette vidéo démontre qu'il se doutait que Jules viendrait puisqu'elle lui était adressée. Pierre misait-il sur l'inquiétude d'un ami fidèle ?

Ce raisonnement tenait à peu près la route malgré des zones d'ombre. Pour le moment, la vidéo était le seul élément auquel Jules pouvait se raccrocher pour voir plus loin. Et comme il était plutôt obstiné, il décida de la visionner encore et encore, jusqu'à ce qu'elle parle. Il gagna le bureau de Pierre où l'ordinateur relayait en direct l'image des trois caméras. Justement, à ce moment-là, des silhouettes apparurent. Deux hommes s'introduisaient dans la propriété. Jules se précipita au studio pour récupérer son Sig-Sauer. Sam se réveilla.

— Nous avons de la visite. Reste ici et ne t'inquiète pas.

Sam obtempéra en se cachant sous les draps.

Jules s'aida de la pénombre accentuée par les platanes qui ornaient le parc éclairé, pour rejoindre la maison principale. Il atteignit la terrasse. Pas de signe des deux visiteurs. Alors qu'il allait ouvrir la baie vitrée, quelqu'un le retourna par les épaules et le plaqua. Les deux assaillants étaient face à lui, l'un le tenait par le col et le menaçait d'un couteau sous la gorge pendant que le second regardait. Les deux étaient cagoulés.

— On va t'faire la peau ! Sale nazi ! éructa le premier.
— Ouais, sale bâtard de nazi, confirma le second.
Jules, très à cheval sur la langue française, sauta sur l'occasion.
— C'est un oxymore.
— Quoi ? Qu'est-ce qu'il dit frère ? demanda celui qui était en retrait.
— J'sais pas moi. Tu causes quoi ?
— J'ai dit, c'est un oxymore. Et, ce que tu sens contre ton ventre, regarde-bien attentivement, c'est un Sig-Sauer.

En littérature, c'est ce qu'on appelle un retournement de situation. Le saucissonnage des deux lascars fut aussi rapide que la prestation d'une pute bas de gamme. Cela en grande partie grâce à la dextérité de Jules, expert dans le maniement du ruban adhésif. Ce dernier, sachant recevoir comme personne, les installa dans le canapé design du salon.

Sam les rejoignit dès qu'elle sut que le vent avait tourné. Elle prit place en face d'eux, sur l'accoudoir du fauteuil que Jules occupait. La belle, vêtue d'une simple chemise empruntée à son amant, fit sensation.

— Enlève leurs cagoules et fais-leur les poches, dicta Jules, ils ne peuvent plus faire grand mal.

Elle s'exécuta. Les intrus paraissaient très jeunes, à peine plus de vingt ans, cheveux châtains, de type européen, encore de l'acné. L'un des deux énergumènes flanqua un coup de coude à son camarade en lui désignant du regard l'entrejambe de la fille. Jules resta de marbre, plus occupé à fouiller le portefeuille que Sam avait puisé dans une de leurs poches.

— Va te faire enculer ! lança l'un des deux. Bâtard de nazi !

— Voilà que ça recommence. Il faut que vous sachiez qu'une des bases de la doctrine nazie est la suprématie de la race aryenne. Ce qui veut dire ? questionna Jules qui venait de se transformer en professeur.

— Ah je le savais que t'étais un nazi, s'exclama le propriétaire du portefeuille.

— Donc toi, c'est … David Weismman, et toi ?

— Qu'est-ce-que ça peut t'foutre, répondit l'autre.

— Bon, l'arme est de mon côté. Je n'ai donc aucune raison de vous mentir. Je ne suis pas un nazi, et d'une. Et de deux, je les déteste certainement autant que vous. Alors comment tu t'appelles ?

— Va te faire enculer ! s'obstina-t-il.

— Si tu me donnes ton nom, elle vous montre ses seins, proposa Jules.

Sam lui fit les gros yeux, mais le regard complice de Jules suffit à la convaincre. Elle haussa les épaules en signe d'acceptation.

— Ça va ! Tu peux lui dire ton nom, il connaît le mien de toute façon, encouragea David.

— Moi c'est Aaron.

— Aaron quoi ?

— Aaron Weismman, j'suis son p'tit frère.

Sur un signe de Jules, Sam déboutonna sa chemise. Les yeux des deux frangins s'écarquillèrent.

— Et votre adresse, c'est celle de ta carte d'identité ?

Silence.

— Alors ? s'impatienta Jules.

Les deux se consultèrent. Puis, après un ricanement, David avança :

— Si elle nous montre sa chatte, marchanda-t-il.

— Faut pas trop exagérer non plus. N'oubliez pas qui porte le flingue, OK ?

— Oui, c'est notre adresse, finit-il par répondre entre ses dents.

— C'est vous qui me suiviez l'autre soir ?

Ils acquiescèrent, le regard au sol. Jules continua.

— Bon, eh bien, ne vous avisez plus de recommencer. C'est quoi votre problème exactement ?

— Nous, on n'a pas de problème M'sieur, répondit David un peu honteux. Notre rêve M'sieur, c'est d'intégrer le Mossad un jour. Alors, on traque les nazis... Pour faire nos preuves.

— Vous avez bien compris votre erreur et que je n'étais pas un nazi ?

— Oui M'sieur, confirma David.

— Pourtant... continua Aaron avant d'être stoppé pour un coup de coude de son aîné.

— Laisse tomber, lui dit-il.

Jules décida de ne pas perdre plus de temps. Après les avoir détachés, il les accompagna à leur véhicule. Mais il ne les laissa pas partir sans mise en garde.

— Je garde la carte d'identité. Je ne veux plus vous voir dans les parages ni vous avoir dans les pattes. Sinon je viens m'occuper de vous en personne. OK ?

Chapitre 9

Une fois débarrassés des énergumènes, Jules et Sam retournèrent au studio. La nuit était déjà bien entamée. Mais ni l'un ni l'autre ne réussit à s'endormir. Les dernières vingt-quatre heures avaient été trop riches en émotions. Leurs nerfs en subissaient les conséquences. Jules connaissait bien un moyen d'y remédier, mais Sam n'avait pas la tête à ça. Pas besoin de lui demander, ses yeux parlaient pour elle.

Jules la regardait s'agiter. Il se demandait ce qu'elle faisait là. Il la connaissait depuis quelques jours et il la voyait s'installer. Tout cela se faisait naturellement sans qu'aucun des deux n'en discute. Pourtant, ils connaissaient la situation de Jules qui n'était que de passage. Oui, il se demandait si tout cela avait un sens. En tout cas, il n'aurait pas parié cher sur l'avenir de leur relation, même si... Sam finit par émerger d'entre les draps et s'assit.

— C'était quoi ça ? demanda-t-elle.
— Quoi donc ?
— Les deux types de ce soir.
— Je ne sais pas. Deux bougres en quête d'aventures. Ils ne sont pas dangereux, la rassura-t-il.

— Pourquoi rabâchaient-ils que tu es un nazi ?

— Franchement, aucune idée. Aucune importance, rendors-toi.

— Pas moyen.

— Bon, essayons de tuer le temps alors ! Pierre doit bien avoir un jeu de cartes quelque part, proposa Jules.

— Oui, je sais où il les range. Table du salon, le plateau se lève, c'est dedans. Tu vas les chercher ? Il y a un tarot.

— Un tarot !? Va pour un tarot. Je reviens tout de suite.

Jules ouvrit le plateau de la table en bois brut. Pierre y avait toutes de sortes de jeux, un yam's, un petit échiquier, un jeu de cartes traditionnel, un jeu de tarot et, de la même taille, un autre jeu de cartes. Celui-ci attira son attention. L'emballage représentait le dessin d'une femme à la peau noire, possiblement une divinité africaine. Elle portait un masque comme les sorciers de ce continent. Elle était nue et ses jambes écartées laissaient nettement entrevoir un sexe rose. Le nom du jeu était inscrit en grosses lettres, « Black Pussy ».

Intrigué, Jules ouvrit le paquet. Les cartes étaient bien différentes des jeux habituels et du tarot. Le seul point commun était la présence des quatre familles, cœur, pique, carreau et trèfle.

D'abord cinq cartes intitulées « évasion » ; la première représentait un jeu de clefs, il y était indiqué un point ; la deuxième, un plat de nourriture, deux points ; la troisième, une pelle, trois ; la quatrième une scie à métaux, quatre ; la cinquième, une liasse de billets, cinq points. Ensuite, d'autres cartes encore plus intrigantes, intitulées « tortures », mais avec des points négatifs : le fouet, moins un ; la tenaille, moins deux ; le fer rouge, moins trois ; le courant électrique, moins quatre ; la mutilation, moins cinq. Puis les cartes les plus fortes : le chasseur blanc, plus onze points ; le tortionnaire, plus douze ; l'Empereur, plus treize. Enfin, deux autres en un seul exemplaire ; l'une montrait un homme en costume blanc colonial intitulé « le diplomate », l'autre la fameuse divinité noire « Black-Pussy ». Pour utiliser le jeu, il aurait fallu en connaître les règles, mais il n'en contenait pas.

Jules rejoignit Sam. Il lui demanda si Pierre lui avait déjà proposé d'y jouer. Sam lui confirma qu'elle ne connaissait pas ce jeu.

— Ça m'a tout l'air d'un truc pour sado-maso, conclut Jules.
Finalement, ils décidèrent d'éteindre. La nuit les enveloppa dans un profond sommeil.

Au matin, le téléphone de Jules vrombit. Au fil, un avocat, Maître Lovisolo. Il expliqua que Pierre, son client, s'était fait arrêter par la police la veille au soir et qu'il était en garde à vue pour le meurtre de Zora Kadri. Il demanda à Jules s'il voulait bien passer à son cabinet l'après-midi même, rue Paradis.

Vers quinze heures, la Porsche se garait sur la longue artère. Cinq minutes plus tard Jules était accueilli, dans un grand hall respirant le luxe, par une hôtesse en tailleur. Elle le guida vers un canapé en cuir après lui avoir proposé un café, qu'il refusa. Un homme corpulent en costume noir à rayures, coupe croisée, se présenta peu après. Lunettes teintées et gros cigare aux lèvres, un mafieux italien des années trente.

— Maître Lovisolo, très heureux! se présenta-t-il.

Ils gagnèrent son bureau. L'avocat s'installa, derrière un imposant meuble Louis XVIII, dans un fauteuil sur lequel il pivotait avec délice de droite et de gauche. Une attitude qui lui conférait une certaine allure.

— Je vous ai fait venir à la demande de Pierre, commença l'avocat.
— Il sait que je suis là ?
— Oui, bien sûr. Pourquoi ?
— Pour rien. Je vous écoute.
— Les nouvelles sont mauvaises. Pierre a tout avoué et il vient d'être transféré aux Baumettes. Pour l'instant, je n'ai pas d'autre choix que de plaider coupable.
Ces mots eurent l'effet d'une claque. Jules resta groggy un long moment. Il se reprit.
— Et lui, que vous a-t-il dit ?
— Qu'il est innocent. J'ai l'habitude de ce genre de revirement. La pression policière est énorme lors des gardes à vue. Surtout dans les affaires d'homicide. Mais il faut bien reconnaître que les éléments ne plaident pas en sa faveur.
— C'est-à-dire ?

— La police exerçait une surveillance du secteur, là où le corps a été retrouvé. Pierre était là-bas en fin de journée. C'est à ce moment qu'il s'est fait prendre.

— En effet ! S'il savait où se trouvait le corps, il y a de fortes chances pour que ce soit lui qui l'y ait mis. Où était-ce ? demanda Jules dont les vieux réflexes de flic n'avaient pas disparu.

— Zora a été retrouvée par un pêcheur en bord de Durance, à moins d'une heure d'ici. Près de Pertuis. Vous connaissez ?

— Non, pas du tout.

— La personne qui a voulu larguer le cadavre n'a pas pris soin de le lester. Du boulot d'amateur. Ce qui désigne encore notre ami. Il aura sûrement réfléchi et sera revenu pour mieux finir le travail. Si je peux dire, ajouta Maître Lovisolo.

— Oui. Mais, même si je reste persuadé que c'est bien lui qui a caché le corps, et même si les apparences sont contre lui, ça ne fait pas forcément de lui un tueur. D'ailleurs, avait-il un motif ?

— Il entretenait une relation avec Mme Kadri. L'avait-elle quitté ? La jalousie, même quand elle n'est pas justifiée, peut déclencher des réactions violentes. Mais, pour l'instant la police ne connaît pas le mobile.

— C'est une bonne chose, estima Jules.

— Entièrement d'accord. Pierre m'a dit que vous avez été flic à la criminelle, il y a quelques années. S'il est innocent, il nous reste à trouver des preuves contre le ou les vrais coupables.

— Et on doit trouver qui, compléta Jules.

— Exactement ! J'aurai besoin de vos compétences. Pouvez-vous m'aider ? Pour ma part je me focaliserai sur la défense si vous m'apportez des éléments.

— De toute façon, je l'aurais fait de moi-même. Et pour tout vous dire, n'ayant aucune nouvelle de Pierre, j'ai déjà commencé. J'ai trouvé ça, c'est Pierre qui a fait cette vidéo avant de disparaître. Vous voulez qu'on la regarde ?

En même temps Jules sortait la clef USB de sa poche. Le visionnage s'effectua dans un silence total.

— Alors qu'en pensez-vous ? reprit Jules.

— Les deux hommes qui transportent un sac... Vous suggérez qu'il pourrait s'agir du cadavre de Mme Kadri, je suppose. Je ne peux malheureusement pas présenter ça. En tout cas pour le moment. Le sac pouvait contenir ça ou tout autre chose. Et qui sont ces hommes ? Trop d'interrogations. Essayez de creuser par là. Vous pouvez également chercher du côté de la famille. Voici l'adresse.

Lovisolo lui tendit un papier sur lequel il venait de griffonner.

— Il m'en faut plus sur Mme Kadri. Savez-vous où elle travaillait avant que Pierre ne l'embauche ?

— Non, mais je vous laisse voir, proposa l'avocat.

— Encore une chose. Les causes de la mort ?

— Le cabinet du juge d'instruction devrait m'envoyer les résultats de l'autopsie. Je les harcèle pour les obtenir au plus vite. Selon les premiers éléments, il s'agirait d'une mort par strangulation, mais à vérifier.

— Si ça se confirme, c'est pas bon pour Pierre. Les crimes passionnels par étranglement ne sont pas rares.

— Pour être franc, cela m'arrangerait bien. Je saurais ainsi comment le défendre. Plaider coupable pour ce genre de crime, je sais faire et j'ai déjà obtenu des peines minimales. Mais comme vous avez pu le deviner, je connais bien Pierre, c'est un ami de longue date et je crois en son innocence. Même si mon devoir d'avocat m'interdit toute conclusion hâtive.

Jules se rendit immédiatement dans le quartier de La Treille où résidaient les parents de Zora. En abordant les barres HLM, des jeunes du coin, encapuchonnés, suivirent le bolide noir d'un mauvais regard. Lorsqu'il se gara, l'un d'eux s'approcha.

— Tu fais quoi ici ? demanda-t-il en roulant des épaules.

Le gars semblait d'autant plus agressif que trois de ses copains attendaient en retrait. Jules s'adossa à la voiture et esquissa un sourire.

— Je ne suis pas là pour des problèmes, dit-il en remontant négligemment sa chemise, ce qui découvrait son revolver coincé dans la ceinture. Puis, il sortit un billet de cents euros de son portefeuille. Un p'tit service pour ce prix. Vous m'assurez que ma voiture ne risque rien et je saurai m'en souvenir au retour. Je cherche la famille Kadri. Vous connaissez ?

Le jeune ne pipa mot et empocha le billet. D'un signe de tête, il désigna l'un des immeubles.

Jules attendit un long moment devant la porte de l'appartement. Celui qui apparut dans l'entrebâillement devait avoir à peine la trentaine. Jules s'attendait à être refoulé quand il expliqua qu'il travaillait pour l'avocat du présumé tueur de Zora. Mais on le conduisit jusqu'au salon sans broncher. C'était un de ces appartements classiques des années quatre-vingt. Un long couloir desservait toutes les pièces. La décoration se résumait à du papier peint fleuri aux couleurs ternes. La plupart des meubles étaient recouverts de napperons et de vases orientaux.

Le canapé aussi était l'un de ceux, en angle et très haut, prisé des habitations d'Afrique du Nord. Il occupait tout un mur et la moitié d'un autre. Assis, un homme semblait hypnotisé par les images qui défilaient sur l'écran d'un petit téléviseur vintage. À moins qu'il ne soit ailleurs. Jules essaya de lui donner un âge … Cinquante ? Vingt de plus ? À côté de lui un autre, encore plus jeune que celui qui l'avait accueilli. L'ambiance était morose, mais rien d'étonnant en la circonstance.

De la cuisine, dont l'activité parvenait, séduisante, aux narines, Jules entendait plusieurs femmes et leurs lamentations parfois surjouées. Elles traversaient la cloison, et pourtant les hommes du salon n'y prêtaient aucune attention. Jules se présenta à nouveau, mais personne ne l'écoutait. Il s'assit sans y être invité. Il toussota, mal à l'aise.

— Désolé de venir vous déranger dans un moment aussi douloureux. Je travaille pour l'avocat de Monsieur Vielle…

— Qu'il crève, lança le plus jeune.

Jules toussa à nouveau.

— Oui, je sais. Mais…

— Qu'il crève, répéta-t-il.

— Laisse le parler, ordonna soudain l'ancien.

— Je pense que vous souhaitez la même chose que moi. Attraper le coupable. Je suis persuadé que Pierre Vielle est innocent.

— Qu'est-ce-qui vous fait dire ça ? demanda le patriarche. Moi aussi, je veux punir le salopard qui lui a fait ça. Vous vous rendez compte. J'allais marier ma petite fille. Oui, j'allais la marier.

Il se mit à pleurer. Jules attendit qu'il se reprenne.

— Qui devait-elle épouser ?

— Abdelkrim Souad, répondit le jeune.

— D'accord. Et vous savez qui elle fréquentait en dehors de M. Vielle ? Des amis, des anciens collègues ?

— Vous croyez qu'on la surveillait ou quoi !? s'indigna-t-il.

— Non bien sûr. Et qu'est-ce qu'elle faisait avant d'être à l'agence ? Où travaillait-elle ?

— Elle venait d'arrêter ses études de droit, répondit le plus jeune.

Jules ressortit un peu secoué. Il venait de passer une épreuve pénible, bien que nécessaire dans le cadre d'une enquête. Il avait tout de même réussi à obtenir l'adresse du soupirant de Zora.

En rentrant chez Pierre, Jules releva le courrier comme il en avait pris l'habitude depuis quelques jours. Il espérait y trouver une piste. Pourquoi pas ? Ce soir-là, une enveloppe sans timbre, ni adresse : « À l'attention de M. Jules Lesquier ».

Son contenu disait simplement ceci :
« Vous aimez le jeu paraît-il ? Veuillez appeler le 07 28 45 64 50 demain à dix-huit heures précises, Black Pussy ».

Chapitre 10

Le lendemain à la première heure, Jules vérifia sur le portable de Pierre si le numéro enregistré à « Black Pussy » était celui du courrier reçu la veille. Ce n'était pas le même. L'auteur mystérieux de l'invitation devait en changer à chaque nouvel interlocuteur, songea-t-il. Jules constata que celui qui figurait dans le répertoire de Pierre était inactif. Ce qui le conforta dans son raisonnement.

Sam avait décidé de rouvrir l'agence, et s'était absentée très tôt. Rester à ne rien faire ne l'aidait qu'à ruminer. De son côté, Jules avait programmé une visite chez Abdelkrim Souad. Ce pauvre gars qui se retrouvait veuf avant même de se marier. Mais comme il s'y attendait, la police se pointa. Il avait donc pris ses précautions et planqué le Sig-Sauer.

C'est donc tout à fait serein qu'il accueillit les deux flics de la veille lorsqu'ils se présentèrent vers huit heures. Cette fois, ils étaient flanqués de cinq personnes, deux femmes et trois hommes vêtus d'une combinaison blanche hermétique. Se pointa aussi un type en costard, assez frêle muni d'une petite mallette. Il cherchait visiblement à cacher son jeune âge derrière une barbichette. Il se présenta.

— Charles-François De-Laroche, juge d'instruction. Vous êtes bien M. Lesquier ?

— En personne.

— Je suis accompagné des inspecteurs Pujol et Sanchez de la police judiciaire. Nous venons procéder à une perquisition. Si vous voulez bien rester à l'extérieur pendant que nous examinons les lieux, invita le magistrat.

Jules se cala dans le salon de jardin, à l'ombre du platane, pendant que ses visiteurs procédaient. Il observa le va-et-vient des cosmonautes qui visitèrent même son studio. Ce manège dura environ deux heures avant que Pujol et Sanchez le rejoignent.

— Vous êtes entré dans la maison ? commença Pujol.

— Ben oui ! J'occupe principalement le studio, mais je profite aussi du confort de l'habitation principale.

— M. Vielle n'avait pas d'ordinateur, nous n'en avons pas trouvé, insista l'inspecteur.

— Qu'en sais-je ?

— Il y a des caméras de surveillance. Il doit y avoir un ordinateur relié à tout ça, s'en mêla Sanchez.

Jules haussa les épaules.

— Vous avez conscience que vous avez peut-être pourri une scène de crime, lui reprocha le roquet ibérique.

— Désolé, mais quand je suis arrivé samedi, il n'y avait ni meurtre, ni cadavre. Juste un pote absent. Je peux vous assurer que tout était en ordre. Aucun signe de lutte, ni trace de sang ni rien laissant supposer quoi que ce soit.

— Vous faites le ménage je présume. Donc, vous avez peut-être de ce fait effacé des indices, poursuivit Pujol.

— Je peux vous assurer que non.

— Et qu'est-ce-que vous en savez ? aboya Sanchez.

— J'en sais certainement plus que vous après avoir bossé vingt ans à la crim. Et vous ? Vous pensez que vous faites avancer l'enquête avec vos reproches à la con ? s'emporta Jules.

Il leur avait cloué le bec. Ils se regardèrent bêtement avant d'être interrompus par l'un des types déguisé en apiculteur. Il leur signala qu'ils n'avaient rien trouvé de suspect, mais qu'ils espéraient dégoter quelque chose à partir des prélèvements. Le silence tomba à nouveau après leur départ.

Jules se rendit dans le quartier des Accates vers onze heures. Lorsqu'il sortit de son véhicule, qu'il venait de ranger devant un petit pavillon, le soleil atteignait presque son zénith. Il ne profitait soudain plus de l'air frais généré par la vitesse de la décapotable au cours du trajet. La chaleur fondait sur lui.

La sonnette se situait au niveau du portail. Une jeune femme typée, en blouse et chaussons, lui ouvrit. Après avoir annoncé les raisons de sa visite, il la suivit dans le jardinet précédant la maison. Tout en admirant les jolies fesses remuer sous le coton de la vareuse et les jambes bien bronzées de son guide, Jules essayait de deviner sa fonction. Peut-être la femme de ménage.

Elle le conduisit sur une terrasse ombragée qui se trouvait de l'autre côté. Elle annonça Jules.

— Monsieur Souad. Voici Monsieur Lesquier, qui souhaite vous parler.

Abdelkrim Souad occupait un transat. Il était en djellaba et une canne était à sa disposition à proximité. C'était un homme maigre, d'aspect fragile. Ce devait être dû à son âge, il avoisinait les quatre-vingts balais. Il n'aurait jamais pu étrangler Zora. Ses mains se seraient brisées sur son cou.

— Je suppose que vous être au courant pour Zora…, commença Jules.
— Oui je sais. La pauvre petite. Je suis bien triste.
— Pas plus que ça ? Vous deviez l'épouser pourtant.
— Non. Le mariage a été annulé. J'avais donné une dot à son père, mais elle venue me la rembourser. Je n'ai pas insisté, révéla le vieil homme.
— Son père est au courant ? Je l'ai vu hier, il n'avait pas l'air, contredit doucement Jules.
— Je ne saurais vous dire, jeune homme. En tout cas elle m'a payé et j'ai annulé.
— Il s'agissait de combien ?
— Dix mille... Dix mille euros. »

C'est ce qui s'appelle trier les pistes. Le vieux n'aurait pas pu commettre le crime. À la rigueur le commanditer. Il avait un mobile : Zora ne voulait pas l'épouser et en plus elle vivait une histoire d'amour avec Pierre. Mais, au fond, tout ceci était peu probable. Monsieur Souad n'était pas amoureux de Zora. Tout ce qu'il voulait, épouser une femme très jeune et encore désirable. Elle ou une autre, il avait l'argent pour s'acheter une épouse.

Jules était déçu, mais au moins il savait où il ne devait plus chercher. Il passa à l'agence pour amener un petit en-cas à Sam et voir si tout allait bien. Il en profita pour consulter le curriculum-vitae de Zora. Ainsi, il découvrit qu'elle suivit ses études à la fac de droit et de sciences politiques d'Aix-en-Provence. Il décida de s'y rendre très vite et de s'arrêter sur les bords de la Durance.

Il s'accorda une après-midi farniente dans le parc de Pierre. A dix-huit heures, Jules appela Black-Pussy. Un répondeur monocorde récita son texte.

« Bonsoir, Monsieur Lesquier. Vous aimez le jeu. Vous êtes invité à participer à une partie de Black-Pussy, après-demain soir à vingt-deux heures précises à l'adresse suivante : 61 boulevard Baille à Marseille ».

Le dimanche fut une journée de détente. Sam avait retrouvé le moral. Jules et elle passèrent en revue une bonne partie de la propriété et toutes les positions possibles que permettait le corps humain...

Chapitre 11

Jules avait quitté l'axe autoroutier au niveau d'Aix-en-Provence. En abordant les petites routes, le charme de la campagne provençale s'empara de lui. Vignes, champs d'oliviers, manguiers et aussi des roseaux de bambous défilaient sur le bas-côté. Puis, la voie devint de plus en plus sinueuse en abordant les massifs forestiers.

Le bolide aborda un chemin de terre à travers les parcelles vinicoles. Jules roula encore deux kilomètres pour s'arrêter en limite d'une une étendue boisée. Là, deux flics attendaient devant leur voiture de service et un Land Rover blanc. Ils paraissaient jeunes et inexpérimentés. Une veine, car pour pouvoir investiguer sans être refoulé, Jules devrait faire preuve d'autorité et de culot.

— Commissaire divisionnaire Levasseur, SRPJ de Marseille, se présenta-t-il.
Il ne mentait qu'à moitié, l'homme existait bien pour être une de ses connaissances. Levasseur occupait cette fonction à la police judiciaire de la préfecture de police de Paris. L'un des deux agents commença.
— Vous avez votre car…

— C'est le véhicule du suspect ? coupa Jules en désignant le S.U.V.

— Oui commissaire, répondit-il. Nous attendons la dépanneuse d'une minute à l'autre.

L'imposture fonctionnait. Jules enfila des gants nitriles et s'installa sur le siège conducteur du 4X4. Il essaya toutes les places du véhicule en examinant méticuleusement l'intérieur, s'aidant de la lampe torche de son portable dans les recoins. Il termina en balayant ainsi du faisceau lumineux l'espace sous le siège passager avant. Il y avait quelque chose d'à peine visible. Jules tendit le bras. Un portefeuille. Il profita de sa position recroquevillée pour le glisser dans la poche arrière de son jean. Quand il sortit, les deux policiers l'attendaient. Jules ne les laissa pas parler.

— La scientifique est déjà venue ?

— Non. Je crois qu'ils feront ça chez eux quand ils auront emmené la bagn… le véhicule, commissaire, répondit l'agent.

— Vous savez où le corps a été trouvé ?

— Oui là-bas, au bord de la rivière.

— Emmenez-moi, requit Jules.

Un des policiers s'exécuta. La rive était volontiers verdoyante, et humide. L'herbe était couchée à beaucoup d'endroits pour avoir été fortement piétinée ces derniers jours. Une surface d'environ quatre mètres carrés était sanctuarisée de rubalise. Jules jeta un œil furtif et aiguisé sur la scène. Rien à première vue, des photographies du corps lui seraient plus utiles. Maître Lovisolo devrait en avoir dans son dossier.

Il regagna la Porsche et roula jusqu'à la route. Là, il s'arrêta pour étudier le portefeuille du 4X4. Les papiers d'identité étaient au nom de Pierre Vielle, comme il aurait pu s'y attendre. Même s'il avait espéré autre chose.

Il se présenta à la fac de droit et de science politique d'Aix en début d'après-midi. Il avait obtenu un rendez-vous avec Monsieur Tort, le secrétaire général. Jules le questionna sur Zora, mais son interlocuteur précisa que le nombre d'étudiants s'opposait à les connaître chacun. Néanmoins, au vu de son dossier, Zora apparaissait comme un élément tranquille qui obtenait de bonnes notes. Il proposa à Jules de rencontrer certains de ses professeurs encore dans l'établissement. Celui-ci retira de ses entretiens un portrait peu fouillé de Zora, mais au demeurant personne discrète et sans histoire. Rien de bien intéressant.

M.Tort raccompagna Jules à la sortie.

— Vous m'avez dit que vous travaillez pour un avocat, me semble-t-il ?
Question par simple politesse.
— Oui, Maître Michel Lovisolo.
— Ah oui !? Maître Lovisolo ! Je le connais très bien. Il donne parfois des conférences ici même. Saluez-le de ma part.
— Comptez sur moi.

Il était écrit que Jules rentrerait bredouille de cette journée.

Toutefois, il avait obtenu l'adresse de la colocation où résidait Zora pendant ses études. Cela faisait plus d'un an qu'elle était partie, il devait en être de même de ceux qui occupaient l'appartement avec elle à l'époque. Mais un bon enquêteur ne doit rien négliger. Jules se pointa à l'adresse un peu plus tard. Comme il le craignait aucun des locataires actuels ne connaissait Zora.

Néanmoins, Jules obtint le téléphone du propriétaire. Ce dernier, homme de nature méticuleuse, put via ses archives lui révéler l'identité et les coordonnées de celles qui partageaient l'appartement avec Zora, Marie Laroche et Catherine Vanassel. Jules décida de les contacter plus tard. Pour l'heure, il devait rentrer sur Marseille où une partie de Black Pussy l'attendait.

Au 61 boulevard Baille, deux grands immeubles des années cinquante encadraient un plus petit de trois étages. Il devait être de la même époque bien qu'un enduit blanc le rajeunît. L'entrée principale était, en plein milieu, voisin d'un salon de coiffure. Jules gagna le palier du troisième, au bout duquel trônait une porte en bois verni avec une sonnette sans nom. Jules l'activa. Il fut accueilli par un maître d'hôtel d'une ère révolue : si Jules avait porté une veste, il l'en aurait prestement soulagé, avant de le guider le long d'un couloir parqueté. L'appartement, bien que récemment rénové, gardait le cachet de l'ancien. Le bois verni, omniprésent, apportait une chaleur apaisée par une ambiance tamisée.

Posées sur de petites consoles, des lampes de chevet aux abats-jours orangés coloraient les recoins.

La bibliothèque dans laquelle on l'introduisit était du même jus. De la lumière aurait pu rentrer par l'unique fenêtre mais ses volets étaient fermés. De toute manière, à cette heure, le jour avait nettement amorcé son déclin. Le seul élément contemporain était un écran de télévision accroché vers le plafond dans un angle de la pièce. Une table pouvant accueillir quatre convives en occupait le centre.

Jules, dont la ponctualité n'était pas la plus belle qualité, s'étonna d'être le premier. Qui attendait-il ? Des joueurs. Combien ? Lesquels ? Il l'ignorait. Mais le temps qui passe suffit souvent à répondre à nos questions. C'est ce qui se produisit moins de deux minutes plus tard.

Le premier qui le rejoignit était un homme rondouillard et chauve d'une soixantaine d'années. Un type qui serait passé inaperçu sans son accoutrement suranné. Du milieu du vingtième selon Jules : un manteau d'hiver avec col de fourrure. Le porter en cette saison relevait de l'exploit. D'ailleurs, il ne tarda pas de s'en délester, assisté par le maître d'hôtel. Ainsi, Jules le découvrit dans sa chemise blanche fermée jusqu'au col, son pantalon et ses bottes d'équitation. Il lui rappelait quelqu'un, mais qui ? Il espérait que ça lui reviendrait avant la mort du prochain pape. Fonction qui prédispose, à part Jean-Paul 1er, à une vie prolongée.

L'homme se présenta : « Roger Ermer, directeur commercial à la Grande Banque de Zurich. »

Le deuxième était une connaissance, l'un des frères Sandapoli. Impossible de savoir lequel. Il ordonna immédiatement au majordome d'allumer l'écran. Et là, Jules César apparut enfin, Gustavo Sivaraldi dans son costume si prisé d'Empereur romain.

Puis, le dernier invité, Hans Mayer. Ce qui n'étonna pas Jules. En tout cas pas autant que sa tenue. Mayer revêtait un uniforme d'officier nazi, ce qui eut pour effet de remuer la mémoire de Jules. Ermer était une pâle copie de Mussolini. La crème des crèmes se réunissaient pour une partie de Black-Pussy. Jules jurait dans ce décor dont la thématique était pleinement assumée. Il s'amusa à penser qu'il ne lui restait plus qu'à enfiler la tenue de Napoléon. Le bal des dictateurs allait bientôt commencer.

Hans semblait tout excité. Il dévisagea Jules, essayant de détecter chez lui un signe d'offuscation. Sans succès. Cela ne découragea pas le digne représentant du troisième Reich.

— Ne soyez pas choqué Monsieur Lesquier. On s'amuse. Nous sommes là seulement pour nous détendre, susurra-t-il dans son habituel sourire contraint. Jules changea de sujet.
— Ne sachant pas le niveau de la mise, je ne suis pas passé à la banque. Si je perds, je vous ferai une

reconnaissance de dettes. Si vous n'y voyez pas d'inconvénient, s'enquit-t-il.

— Tss, tss, tss... Ne vous inquiétez pas. Nous ne jouons pas pour l'argent. C'est pour les gamins. L'enjeu est tout autre, expliqua Hans.

— Ah bon ? A savoir ?

— Vous le saurez en temps utile. Pas ce soir. Ce soir, on joue. Tout simplement. Rappelez-vous ce que vous m'avez dit l'autre fois.

— Je ne connais pas les règles de ce jeu, prévint Jules.

— Oh ! C'est très simple. Vous connaissez la bataille ? Même principe. Chaque joueur a une main de treize cartes. À chaque manche, chacun joue trois fois. Celui qui additionne le plus grand nombre gagne la manche. Mais attention, d'une part l'objectif est de se débarrasser de ses cartes négatives, car celles qui restent au perdant seront aussi additionnées à la fin des treize manches. D'autre part, lors de la dernière manche, le gagnant garde les cartes négatives du perdant, car elles feront partie intégrante de sa dette.

Hans buvait son propre discours.

— En effet, cela ne m'a pas l'air bien compliqué, ...bien qu'assez mystérieux, commenta Jules.

Hans éclata de rire, Ermer dit le « Duce » pouffa nerveusement, et sur l'écran de télévision Gustavo arborait un large sourire. Son chien de garde, complètement largué, restait stoïque. Il s'équipa d'une oreillette et d'une paire de lunettes teintée. Le modèle qui intègre une petite caméra. Tout un système permettant à l'Empereur romain de jouer à distance.

Celui qui tira la courte paille fut chargé de distribuer à la première manche, puis chacun son tour dans le sens des aiguilles d'une montre. Les treize manches se déroulèrent en moins de deux heures. Hans jubilait à chaque fois qu'il gagnait, sans manquer de chambrer le perdant. Jules ne comptabilisait pas les manches remportées ou non. Il comptait que cela s'équilibre. De toute manière, l'important était le nombre de points accumulé sur l'ensemble des parties.

Hans fut chargé d'établir les scores, ce qui sembla le ravir. Il annonça les résultats.

— Hans Mayer, sept cent trente-deux points. Roger Ermer six cent vingt-huit points. Gustavo Sivaraldi, six cent deux points. Jules Lesquier, cinq cent quarante et un points.

Mayer marqua un silence théâtral, le temps d'observer la réaction de Jules. Comme à chaque fois, il fut déçu, car ce dernier ne laissait filtrer aucune émotion.

— Je crois bien que vous avez perdu Monsieur Lesquier, pondit Hans.

Jules resta coi. Hans poursuivit.

— Donnez-moi vos cartes négatives. Je dois les analyser.

Jules obtempéra.

— Alors... Voyons ce que nous avons là. Trois cartes « fouets », une carte « courant électrique ». Je les garde.

Hans en bavait presque.

— Pour quoi faire ? l'interrogea, Jules.

— Vous le saurez bien assez tôt. Je vous l'ai dit, aujourd'hui nous jouons. Le paiement se fera plus tard. Vous en serez informé incessamment.

Une fois dehors, la chaleur étouffante de la nuit urbaine étreignit Jules. Il sentait qu'un piège démoniaque se refermait sur lui.

Chapitre 12

Hans était le mâle Alpha de cette bande d'autocrates tordus. Même Gustavo le mégalo se soumettait. Il riait à ses blagues douteuses, et prenait garde à ne jamais le contrarier. De vrais courtisans nord-coréens. Ermer, lui, restait effacé, bien du genre à cacher sa perversité derrière celle d'un autre. Jules avait remarqué tout cela lors de la partie. Ces types, les plus douteux amis du genre humain, étaient bons à enfermer. Certes, mais de là à en faire les assassins de Zora... Ce qui était certain, c'est que Hans puait le mal. Il se nourrissait de la souffrance d'autrui sans jamais être repu.

Ce n'était qu'une simple partie de cartes, mais lorsque Jules repensait à cette soirée, il était à deux doigts d'aller rendre aux chiottes. Le fumet du mal se répandait derrière chaque relance. Une nuit blanche se profilait. Oui, deux heures en compagnie de ces dingues lui avaient donné la nausée. Il ne rentra pas chez Pierre, mais se rendit dans une petite crique qu'il connaissait bien à la sortie de Marseille. Il plongea dans la Méditerranée. Il fallait qu'il se libère de l'étreinte qui l'étouffait. Le crawl était un bon remède. Il nagea jusqu'à épuisement et s'écroula de fatigue sur la plage.

Son téléphone le réveilla. Sam lui reprocha de ne pas l'avoir prévenue. Elle s'était inquiétée toute la nuit. Jules qui n'avait pas répondu à ses appels s'excusa et lui promit de lui rendre visite dans la journée. D'ailleurs, une idée lui vint. Le jeu de Black Pussy représentait une divinité africaine ; peut-être que Cassandra, l'amie africaine de Sam du « Sexe Paradise », pourrait lui en apprendre sur ce jeu. Samantha lui maila l'adresse de sa boutique.

Il s'y présenta, après être repassé au studio où il se doucha et se munit du jeu de Black-Pussy de Pierre. Entre-temps il appela Marie Laroche, l'ancienne coloc de Zora. Mais elle n'était pas celle qui la connaissait le mieux, d'autant que cette année-là, Marie était davantage chez son petit ami qu'à l'appartement. Elle conseilla Jules de voir avec Catherine Vanassel, plus proche de Zora. Jules dut se rabattre sur un message en lui expliquant qu'il enquêtait sur le décès.

Lorsqu'il arriva à la boutique de Cassandra, celle-ci s'occupait d'une cliente. Tout en la renseignant, elle jetait des regards furtifs vers Jules. Elle l'avait reconnu. En tenue de ville, elle était toujours aussi sexy. Jean moulant et talons aiguilles ; chemisier fleuri très coloré, fermé d'un simple nœud et qui ne cachait pas la naissance de sa généreuse poitrine.

Hormones en ébullition garantie.

Quand elle en eut terminé, elle se tourna vers Jules, sourire éclatant aux lèvres.

— Vous vous souvenez de moi ? s'enquit Jules.
— Oui. Le petit chéri de Sam. Bien sûr ! Dites-moi.
Jules lui montra le jeu de cartes.
— Vous connaissez ?
Cassandra examina l'emballage du paquet.
— Hum... Intéressant. Très suggestif, cette femme avec les jambes écartées. Dîtes donc, elle n'a pas froid aux yeux. Pourquoi ? C'est une invitation ?

Elle le questionnait, les yeux vrillés dans les siens. Coquine cette Cassandra...
— Non. Voyez-vous, hier soir, j'étais invité à une partie. J'ai perdu, mais je ne connais pas l'enjeu. En gros, je ne sais pas encore ce que j'ai perdu. Et, comme je n'aime pas les mauvaises surprises...
— Pourquoi me demander ça à moi ?
— Je sais. C'est un peu simpliste comme raisonnement. Mais vu que c'est une sorte de divinité africaine qui est représentée là... Je me demandais si ce n'était pas un jeu de ce continent, argumenta Jules.
— Et Google ?
— Rien trouvé !
— Oui, il pourrait s'agir d'un jeu africain, ou d'origine africaine. Mais peut-être ancien. Non je ne vois pas.
— Ce n'est pas grave. Merci quand même.
Jules s'apprêtait à tourner les talons.
— Eh ! Minute papillon ! Moi, je ne connais pas. Mais un ancien... Mamadou M'Kenté. C'est un vieux

marabout nigérian. Si ces cartes viennent de là-bas, il pourra certainement vous renseigner, dit la fille.

— Où puis-je le trouver ?

— Il est vers les Capucins. Mais il ne vous recevra pas comme ça. Je ferme à dix-neuf heures trente. Venez me chercher, je vous y emmènerai.

L'enquête marquait le pas. Elle piétinait, même. Depuis le début. Jules en avait conscience. Il décida d'aller chez Lovisolo, espérant qu'il ait les résultats d'autopsie et les photographies du cadavre de Zora. L'avocat était absent. Au tribunal, lui indiqua l'hôtesse. Mais elle semblait absorbée par ce qui se déroulait dans la salle de réunion juste à côté et dont la porte restait entrouverte. Jules ne put s'empêcher d'y balancer un œil. Tous les employés s'étaient regroupés devant la télévision où Maître Lovisolo, interviewé par une armée de journalistes, délivrait un grand numéro. L'affaire Pierre Vielle commençait à faire du bruit.

« Le fait que mon client ait avoué ne fait pas de lui un coupable. L'accusation ne présente pas la moindre preuve. Le dossier ne contient pas de mobile. Aucun élément sérieux ne peut étayer qu'il s'agisse d'un crime passionnel. Alors, je vous le demande, qu'est-ce-qui justifie cet acharnement contre Monsieur Vielle ? De toute évidence, de nombreux doutes fragilisent ce dossier, ce qui conduirait n'importe quel juge à libérer mon client. Ce qui me désole profondément est que celui en charge de l'affaire ne semble pas prêt à franchir ce pas. »

Du grand art, et en direct sur les plus grandes chaînes. Jules informa l'hôtesse qu'il attendrait l'avocat dans son bureau. Une heure plus tard Lovisolo n'était toujours pas revenu. Jules rongeait son frein. D'ennui, son regard balayait paresseusement la pièce. C'est pourtant ainsi qu'il remarqua une enveloppe sur le bureau. Curiosité de flic ? Il ne put s'abstenir de l'ouvrir. Elle contenait les photos de Zora et le rapport de la police scientifique. Celui-ci ne révélait rien d'intéressant. Mort par strangulation.

Les clichés seraient peut-être plus parlants. Jules découvrit Zora. Elle avait été jolie femme. La position du corps était désordonnée. Désarticulée. Comme si on l'avait laissée choir avec une totale indifférence. Parfois, lors d'un crime passionnel, la haine prend le dessus. L'agresseur est enragé, il s'acharne encore sur sa victime. Les tueurs en série préféreront une mise en scène, parce que cela les amuse, parce qu'ils se prennent pour des artistes, ou pour plein d'autres raisons. Cela faisait longtemps que Jules ne cherchait plus à les comprendre. Mais s'intéresser à leur fonctionnement pouvait parfois s'avérer payant.

Il appela Lovisolo.

— J'ai vu votre interview, bravo !
— Merci ! Vous avez trouvé quelque chose ?
— Je suis sur plusieurs pistes. Mais pour l'instant rien de concret. Tout ce que je peux dire, c'est que l'assassin n'éprouvait aucun intérêt pour la victime. Peut-être une

connaissance mais certainement pas un proche. En tout cas, pas aussi proche que Pierre, énonça Jules.

— Intéressant. Je ne sais pas ce qui vous fait dire ça, mais les photos de Mme Kadri nous en diront plus dès que nous les aurons, ajouta Lovisolo.

— Justement, c'est en les regardant que j'en ai déduis cela. Je suis dans votre bureau. Elles sont là.

— Ah ! Nous les avons enfin reçues ! Très bien Monsieur Lesquier. Vous faites du très bon travail. Mais tout cela n'est pas encore suffisamment concret. Continuez !

— Il faut que je parle à Pierre. Pouvez-vous m'arranger ça ?

— Pas pour le moment. Je vous le dirai dès que ça sera possible. Je dois vous laisser. À bientôt, je compte sur vous, abrégea Lovisolo.

Continuer à chercher, et surtout trouver. Trouver une piste. Même un bout. Un fil sur lequel tirer et qui mènerait quelque part. Plus tard, Jules taquina internet. Il tapa les noms des trois lascars. Il n'apprit rien de ce qu'il ne savait déjà sur Gustavo.

Il chercha ensuite des infos sur les dirigeants de la Grande Banque de Zurich. Il appela l'établissement en demandant à parler à Roger Ermer, … Inconnu au bataillon. Il avait menti sur sa profession et certainement aussi sur son identité. Hans Mayer, quant à lui, était introuvable, un vrai fantôme. Jules ne put s'empêcher de jurer. « Sale connard de nazi !».

Chapitre 13

— Vas-y, bute-le !

— Attends, putain.

— Mais tire bordel ! Bute-le, ce sale nazi !

— Ta gueule frère ! Tu m'déconcentres.

— Tu l'as raté ! T'est vraiment trop nul. Allez passe-moi la manette, je vais essayer.

— On a sonné !

— Quoi ?

— On a sonné j'te dis. Va ouvrir.

— Vas-y toi.

— Non, on y va ensemble.

David ouvrit, alors que son frère restait derrière lui, Jules apparut dans l'encadrement de la porte.

— Salut les Dalton ! Comment va ? commença-t-il.

— Putain, qu'est-ce-que tu fais là ? On a arrêté de t'suivre, frère ! s'étonna David.

— Oh là ! Doucement sur les liens de parenté ! Je ne suis pas là pour ça. Tiens, ta carte d'identité, je te la rends. Bon, je peux entrer, ou vous comptez me laisser mourir ici ?

Le silence stupéfait des deux jeunes encouragea Jules.

— Bon, je sais, on est partis du mauvais pied tous les trois. J'ai juste besoin de quelques renseignements. Alors ?

Les frangins le laissèrent entrer, après réflexion. Ils le conduisirent dans un séjour aménagé sommairement. Du mobilier bas de gamme, un canapé clic-clac, une chaise, et une table de salon étaient installés devant une télévision posée à même le sol. Il y avait aussi une autre table dans un coin, sur laquelle reposait un gros ordinateur style « gamer ».

Jules s'installa sur la chaise pendant que les deux compères s'octroyaient le canapé. Jules commença.

— Quelque chose me dit que votre visite de l'autre soir n'était pas vraiment fortuite. Si vous m'avez pris pour un nazi, il y a une raison.
— Ben ouais frère ! On s'est dit que si tu fréquentes des nazis comme celui qui habite avec toi, c'est que t'en est forcément un aussi, asséna David.
— Effectivement, il se trouve que je viens de rencontrer un type qui a visiblement une certaine appétence pour l'uniforme nazi. Mais cela, je ne le sais que depuis hier, expliqua Jules.
— Une appé... quoi ? fit Aaron.
— Ça veut dire qu'il aime bien en porter. Et je pense qu'il me cherche des problèmes. De gros problèmes. Alors ce que je voudrais savoir, c'est ce qui vous a amené à penser que mon ami et moi fréquentions des nazis. Est-ce que ça à voir avec ce type ? Un grand

balèze, cheveux très courts, coupe militaire avec une gueule de cyborg ?

— Ben oui frère ! C'est logique, les nazis c'est comme les loups, ça vit en meute. Donc, c'était logique que tu en sois un, frère.

— Et où m'avez-vu avec lui ?

— Ben l'aut'soir, quand t'es allé dans la boîte à cul avec la belle blonde. On sait qu'il y va souvent. On a vite fait l'rapprochement. Lui, ton pote et toi.

— Et pourquoi pensez-vous que ce Hans Mayer est un nazi ?

— Parce qu'on les traque frère ! cria presque Aaron.

— Mais, ce gars-là, lâcha alors David, il ne s'appelle pas comme ça ! Son nom c'est Brian Keane. Un Anglais. C'est vrai qu'il parle avec un accent de boche mais c'est pour faire genre.

— Bon. Comment savez-vous tout ça ?

— Le deepdarkweeb frère ! On les traque j'te dis, se vanta David.

— Le darkweb ? répéta Jules.

— Non, non. Le deep. Tu connais pas ? Oh le boomer frère ! T'as vu, il connaît même pas, frère ! railla Aaron.

Les frangins étaient écroulés.

— Bon, maintenant expliquez-moi ! s'impatienta Jules.

— C'est encore plus Dark que le « Darkweb ». C'est pour un public plus qu'averti, frère. Pour y accéder, il faut des codes. Mais qu'est-ce-que tu crois mec. Mossaaad mec ! Nous, on les a eus ces fameux codes, se rengorgea David.

— Et alors ? s'enquit Jules, peu impressionné.

— Ben ! Ils se sentent tout permis là-dessus, ils se cachent même pas. Ce Keane, il vénère les nazis. Et pas que. Les méthodes d'interrogatoire de la Gestapo. On a vu sa page, expliqua David.

— Qu'est-ce que tu veux dire par leurs méthodes d'interrogatoire. La torture ?

— Exactement, il adore ça. Ce branque fait un tuto sur des vidéos, confirma Aaron.

— Et comment avez-vous fait le rapprochement avec Hans Mayer ou Brian Keane ?

— Un coup de bol, frère ! Il y a quelques semaines Aaron l'a reconnu. Il lui a livré des pizzas un soir. Le type avait commandé sous l'identité de Hans Mayer, expliqua David.

— Ouais, il jouait aux cartes avec d'autres gars bizarres. Et, il y avait ton pote aussi. J'ai même réussi à prendre une photo de la tablée ni vu ni connu, compléta Aaron.

— Vous livrez des pizzas ?

— Ben oui, il faut bien se faire un peu de blé, admit David sans enthousiasme.

— C'était où ? Boulevard Baille ?

— Ah non ! Attends mec ! On note tout, nous. Mossaaad mec !

Une ardeur contagieuse s'emparait des frères Weismman.

— Voilà, j'ai trouvé. C'était 2, rue des Clairistes, s'exclama David.

— C'était chez lui ?

— Qu'est-ce-que tu crois mec ? Tu crois qu'on fait le boulot qu'à moitié ? On a fait notre p'tite enquête. Le gars, il loue quelques jours sur Airbnb. Il bouge tout le temps. T'inquiète, on le suit.

— Et la photo que tu as prise. Je peux la voir ? demanda Jules.

— Oui, c'est dans l'ordi.

Aaron ouvrit un fichier codé. Manifestement, les deux frères prenaient les précautions de contre-espionnage. L'image dévoila les trois mêmes joueurs que lors de la partie de la veille.

— Si je vous donne mon e-mail, vous pouvez me l'envoyer ?

— Bien sûr frère ! s'engagea David.

Il semblait fier de leur travail. Jules le conforta.

— Bon boulot les gars ! Quoi d'autre ?

— Ben là, on s'est un peu calmés. Vu que tu nous as menacés l'autre jour. Nous, on savait pas que t'étais pas avec lui. Enfin on savait plus trop.

— Vous allez le retrouver ?

— Mossaaad mec ! On a mis un mouchard sur sa caisse, sourit Aaron.

— Ouais. On est outillés. On vient même de s'acheter des kalach, et même des drones au cas où, fit David.

— Il faut le retrouver avant qu'il ne s'en prenne à quelqu'un. Je pense qu'il a tué la petite amie de mon pote. Mais je dois en être sûr. Continuez de le suivre et tenez-moi informé de tout ce que vous trouvez. On échange nos numéros. Appelez-moi à n'importe quelle heure, si vous pensez que ça vaut le coup. Une mission pour les frangins du Mossad.

— Et après frère ? Qu'est-ce-que tu comptes faire ? Le livrer à la police ? s'inquiéta Aaron.

— Je lui réglerai son compte, répondit sèchement Jules.

Les jeunes se regardèrent, un moment interdits, avant de se reprendre.

— Génial frère ! Mossad !

Jules leur refit savoir à quel point leurs infos lui étaient précieuses. Avant de prendre congé, il prit un peu de temps pour discuter. Les deux étaient livrés à eux-mêmes depuis la mort de leurs parents, deux ans plus tôt, dans un attentat vers Jérusalem. Depuis, ils s'en sortaient grâce à de petits boulots et à l'argent que leur envoyaient leurs grands-parents d'Israël.

Cassandra informa Jules que le vieux marabout ne pourrait les recevoir avant vingt-trois heures. Elle lui envoya son adresse pour qu'il passe la prendre une demi-heure avant. Ils se présentèrent devant un vieil immeuble proche de la place des Capucins.

Elle devança Jules dans l'escalier. Les jolies fesses qui le précédaient se balançaient au rythme des marches. Plaisir visuel prolongé jusqu'au dernier étage. Cassandra pénétra la première dans un vaste appartement dont la porte d'entrée était ouverte. Ils croisèrent une femme en habits traditionnels africains. L'intérieur était sombre, éclairé exclusivement à la bougie. L'odeur de l'encens occupait l'air.

L'agencement était atypique. Après le hall d'entrée, de grandes pièces se succédaient sans qu'on puisse en déterminer la fonctionnalité. Quelques grands tapis et des coussins jonchaient le sol. Très peu de meubles, seulement des bas de buffets. Entre eux, le long des murs, des paillasses sur lesquelles des enfants jouaient ou dormaient. Il y avait aussi des femmes qui discutaient, tout en mangeant à même le sol dans de grandes marmites libérant un mélange de parfums, fumet de viandes, de poissons et d'épinards. Dans les deux pièces suivantes l'ambiance était plus calme. D'autres femmes étaient affairées aux travaux de couture ou de tissage. Partout, la vie fourmillait, jusqu'à ce qu'ils atteignent une dernière pièce. Là, un vieillard solitaire, assis en tailleur, sirotait une Guinness.

Cassandra s'accroupit en face de lui.

— Bonjour Mamadou, c'est l'homme dont je vous ai parlé au téléphone tout à l'heure. Il aimerait vous poser quelques questions .

Le vieux approuva de la tête.

— Tu peux y aller Jules. Il est prêt à t'écouter.

Après s'être assis en tailleur, Jules présenta le jeu de Black-Pussy à Mamadou. L'homme eut un mouvement de recul. Ses yeux s'écarquillèrent.

— Démon ! C'est le Démon ! s'écria-t-il avant d'entonner une étrange mélodie dans un dialecte inconnu.

Cela dura un bon moment. Ni Jules ni Cassandra ne l'interrompirent. Puis, le vieux s'adressa à Jules dans sa langue. Cassandra traduisit.

— Il demande où tu te l'es procuré. Il dit que ce jeu est le mal.
— Dis-lui que je pense aussi la même chose, et que je crois que ceux qui l'utilisent s'en servent pour faire le mal. Dis-lui que je veux les arrêter, mais que pour cela, je dois savoir tout ce qu'il sait sur ce jeu.

Mamadou entama un long récit. Jules dévisageait Cassandra qui semblait atterrée. Puis elle traduisit.

— Il dit que ce jeu a plus de deux siècles. Peut-être a-t-il évolué depuis. Il aurait été inventé par des officiers britanniques. Des hommes cruels. C'est le seul jeu où les blancs acceptaient qu'un Africain se joigne à eux. Enfin, souvent ils le forçaient à jouer, car le prix à payer en cas de défaite était très élevé. S'il refusait, il était battu à mort. En cas de victoire, il repartait libre et tout allait bien pour lui. Mais, si par malheur il perdait, les blancs s'en prenaient à sa famille ou sa femme. Elles subissaient des tortures atroces, bien souvent jusqu'à ce que mort s'ensuive. Mamadou dit que ces officiers ne pouvaient pas être des hommes mais des démons. Il a entendu dire que les nazis ont utilisé le Black-Pussy dans des pays qu'ils avaient envahis. Et aussi en Afrique où le jeu avait été importé par des mercenaires.

Alors qu'il ramenait Cassandra chez elle, Jules était ailleurs. Le sentiment de ne rien contrôler. Il sentait un danger imminent, sans l'identifier vraiment. Cassandra resta silencieuse tout le trajet. En la déposant, il s'efforça de sourire. Elle l'embrassa sur la pommette.

Le portable de Jules l'avertit à ce moment d'un sms. C'était Sam. *« Je te quitte, nous deux c'est terminé »*. Les sourcils de Jules qui se plissèrent intriguèrent Cassandra.

— Qu'est-ce qu'il y a ? Tu as l'air soucieux, demanda-t-elle.
— Je viens de me faire larguer. Sam vient de rompre.

Chapitre 14

Entrer chez quelqu'un, c'est pénétrer son esprit. Quand une personne vous invite, elle vous dévoile une part d'elle-même. Pour peu qu'on sache interpréter, le lieu parle toujours de son propriétaire. Ou alors, c'est qu'il cache ou veut préserver quelque chose. Telle était la théorie de Jules.

Luxueux n'était pas le mot approprié pour définir l'intérieur de Cassandra. Chic et chaud convenaient mieux. Du mobilier design, des rideaux colorés, un éclairage ambré et tamisé et un canapé blanc en cuir dans lequel Jules ne tarda pas à se caler.

Cassandra sortit très naturellement un sachet de « Marie-Jeanne » d'un tiroir et le lui tendit, avec ce qu'il fallait pour un bon vieux bédo. Cela ne pouvait que lui faire du bien et, selon les circonstances, être meilleur qu'un Don-Papa. Même s'il avait du mal à l'admettre. Après quelques bouffées, il passa le cône à son hôte. Les effets ne tardèrent pas. Cassandra alluma la stéréo. Un jazz africain complice emplit la pièce. Jules s'apaisait peu à peu.

— Après tout. C'est pas plus mal ainsi, lâcha-t-il.
— Pourquoi dis-tu ça ? interrogea Cassandra.

— Je suis maudit. Toutes les femmes que j'ai aimées meurent d'une façon horrible.

— Attends-moi là, dit-elle avant de s'éclipser.

La regardant disparaître, il replongea dans son propre univers. Ses pensées l'emmenèrent loin, très loin. Des pays qui n'existent pas, comme disait le poète belge.

Cassandra surgit au bout de la pièce. Jules vit d'abord sa silhouette à contre-jour. Elle s'approcha, ensemble noir en dentelles sous un déshabillé transparent. Talons aiguille, bas et porte-jarretelles. Elle s'assit sur la table de salon. Sa peau noire transparaissait à travers la dentelle, et ses tétons plus foncés débordaient du balconnet de son soutien-gorge.

« Dieu existe », se dit Jules. « Et cet enfoiré a créé les Déesses juste pour se rincer l'œil ! »

Il se sentait comme un enfant de dix ans bavant devant une religieuse au chocolat. Cassandra était la réincarnation de la volupté. Elle se leva et laissa choir son haut sur le sol. Elle se retourna, posa ses mains sur la table, jambes tendues, écartées et fesses en l'air. Elle les remua indépendamment l'une de l'autre, au rythme de la musique, comme seules les Africaines le font.

Elle se redressa et recommença. Elle regarda Jules par-dessus son épaule en lui souriant. Elle lui fit à nouveau face et s'agenouilla sur la table. Elle libéra ses seins qui jaillirent du soutif. Ils rebondirent, s'offrant aux lois de la pesanteur, énormes et magnifiques. Elle baissa immédiatement la tête, les recouvrant de ses longues tresses, et la secoua de gauche à droite. Ses cheveux flagellaient sa poitrine. Enfin elle les écarta, laissant à nouveau apparaître deux mamelles bien rondes. Elle les soupesa entre ses mains.

— Je veux manger … J'ai envie de les manger, dit Jules.

Il avança ses doigts pour les toucher. Cassandra tapota dessus.

— Bas les pattes ! Pas maintenant. Pas encore. Patience...

La femme s'humecta la lèvre supérieure. L'ange du vice éclairait son regard. Elle se leva à nouveau et se dirigea vers la cuisine américaine. Vers le frigo. Ses fesses rehaussées par les talons, emprisonnées par les jarretières, saillaient alternativement, telles un métronome diabolique.

Elle revint avec un yaourt et une cuillère. Elle reprit sa position assise sur la table. Elle prit une cuillerée du laitage qu'elle laissa lentement déborder de sa bouche, défiant Jules du regard. « Elle gâche la nourriture, elle aime ça la salope », admira celui-ci. Elle se pencha en arrière, les mains à l'opposé de la table et écarta les jambes. Sa culotte était fendue, ses sous-vêtements étaient conçus pour faire l'amour. Elle ramena une main et écarta son sexe avec ses doigts ornés de faux ongles démesurés.

— Ça te plaît Jules ?

— Oui, tu me plais.

— Alors tu vois, ton jeu de cartes. Il a été fait par des blancs. Et des blancs racistes. Regarde ! Regarde ma chatte. Tu la vois ?

— Oui oui, je la vois.

— Elle est de quelle couleur ?

— Rose, elle est rose.

— Eh oui Jules. Elle est rose. Pas noire. Rose, oui rose, répétait-elle lascivement.

Elle se caressa un moment. Et soudain :

— Viens ! Lèche !

C'était une invite à laquelle Jules ne pouvait qu'obtempérer. Il s'y employa minutieusement, attaqua son clito avec de judicieux coups de langue, patients et inventifs. Cela faisait son effet. Cassandra soupirait. La fille commençait à foutre, le visage de Jules en témoignait, devenu tout gluant. Elle emprisonna sa tête entre ses mains avec la force d'une amazone. Maintenant, elle haletait. Elle lâcha son emprise. Libéré, Jules la regarda. Elle se mordait les lèvres. Elle se ressaisit et désigna le canapé du doigt pour qu'il s'y allonge.

— Déshabille-toi avant !

Ses désirs étaient des ordres. Ses ordres, des désirs que Jules ne demandait qu'à combler. Elle prit son sexe entre ses mains et l'avala. Sa bouche et ses joues se déformaient autour du membre comme la gueule d'une lionne affamée s'affairant sur sa proie. Sans dételer, elle retirait la queue pour l'engouffrer à nouveau dans un bruit de succion indécent. Elle grognait. Jules accédait au paradis. Un moment, elle se releva, remonta un sein avec son avant-bras jusqu'à sa bouche et le lécha. Peu après, elle se mit à quatre pattes en présentant ses fesses.

— Prends-moi ! Prends-moi ! proféra-t-elle en se fouettant le cul. Jules la pénétra en l'attrapant aux épaules. Après quelques coups de bassin, il la tenailla par la taille.

— Oui, comme ça ! Continue sale mec ! Alors elle te plaît ma « pink-pussy » ? Hein qu'elle te plaît, rugissait-elle.
— Oui elle est bonne !
— Alors défonce-la ! Qu'est-ce que t'attends ! Défonce-la ! Et balance-moi ta purée !!

Jules accéléra la cadence sous les intimations de la guerrière à la peau d'ébène. Ses fesses lui paraissait énormes, leurs muscles se contractaient. Elle se retourna pour une position plus conventionnelle. Pas grave, ainsi il pouvait admirer ses seins tout en la baisant. Il attrapa ses deux jambes qu'il maintint en l'air d'une main.

De l'autre, il saisit l'un de ses gros nichons qu'il comprima. Il se retira et les empoigna tous les deux. Il les mangea l'un après l'autre, tel un ogre. Adorables mais délicats, il leur fallait résister à ses dents, à sa langue agressive.

L'homme l'enfila à nouveau, et accéléra encore. À chaque coup de reins, son membre empli de désir devenait encore plus lourd, encore plus dur. Presque indépendant du corps de Jules, gonflé du plaisir que la femme lui donnait. Notre ami sentait ses burnes faire leur travail, son foutre se constituer et monter dangereusement.

Cassandra gémissait toujours plus fort. Elle colla l'arrière de ses cuisses contre les épaules du détective qui ne savait plus qui il était. Il n'en eut que plus de force pour la pénétrer. Il lima ainsi plusieurs minutes. Il ne la baisait pas, il la labourait. Ils devenaient deux mécaniques dans les râles du plaisir. Elle, secouée comme un prunier des coups de butoir frénétiques de son partenaire. Oui, le type vraiment ne se connaissait plus. Sa jouissance montait.

La délivrance survint pour eux deux au même moment. Les jambes de Cassandra frémirent, son bassin tressauta et elle lâcha un dernier râle, soulagée d'une torture délicieuse.

La nuit fut courte. Jules fut dans la rue alors que le jour se levait à peine. Son téléphone l'avertit d'un sms. Encore Sam : *« Je t'ai dit que c'était fini entre nous. Alors arrête de me harceler »*. C'était étrange. Depuis qu'elle avait annoncé leur rupture, Jules ne lui avait donné aucun signe de vie. Que voulait-elle lui dire ?

Tentative de rappel. Pas de réponse.

Vers dix heures, il se présenta à l'agence. Malgré l'affichette « Fermé », la porte était déverrouillée. À l'intérieur, personne. Juste le silence. Ce n'était pas normal, pas plus que les messages de Sam.

Jules entreprit de fouiner les bureaux à la recherche d'une explication. Il commença par celui de Pierre. Pour Jules, même si la donzelle l'avait déjà fait quelques jours plus tôt, elle ne détenait pas l'expertise pour déceler ce qui ne sautait pas à l'œil nu. Il y avait un dossier intitulé « employés ». Pas épais, vu le nombre restreint de salariés. Rien de particulier dans celui de Sam. Dans celui de Zora, une lettre de recommandation. Elle était signée de Michel Lovisolo :

« Pierre, cher ami, comme évoqué récemment, je te remercie de l'intérêt que tu accepterais de réserver à la candidature de Mlle Zora Kadri. Pour la connaître comme une étudiante brillante, cette dernière doit toutefois interrompre son cursus pour raisons familiales. Je te la recommande vivement, sachant qu'elle saura apporter ses compétences et sa disponibilité au service de tes activités. Bien cordialement, Michel. »

Bon... L'avocat avait recommandé Zora à Pierre. Rien d'anormal, sauf que Lovisolo n'a jamais prétendu la connaître. Jules verrait cela plus tard. Pour le moment, ses préoccupations étaient tournées vers Sam. Il fouilla son espace de travail sans rien trouver. Il tenta autre chose. Elle répondrait sûrement à ses sms.

« *Sam, pourquoi dis-tu que je te harcèle ?* »
Trente secondes plus tard :
« *Frapper à ma porte en pleine nuit, en hurlant que tu es armé et que tu vas me buter ? Si c'est pas du harcèlement, c'est quoi ? Je me le demande.* »

À ne rien y comprendre. Second message :
« *Avec tout ce raffut, tu as dû ameuter le voisinage. Bonjour la honte !* »

De plus en plus fort. Jules ne pouvait pas en rester là.
« *Écoute, je-n'ai-rien-fait !* détacha-t-il. *Il faut qu'on parle, je passe chez toi.* »

Quinze secondes :
« *Je n'y suis pas.* »
« *Où es-tu ?* »
« *Pas tes oignons.* »
« *Où ?* »
« *À l'agence.* »
« *Difficile, j'y suis !* »

Silence radio. Le téléphone de Jules vibra à nouveau. Cette fois le message provenait de Black-Pussy.

« *— Alors vous avez compris ? Vous connaissez votre mise désormais.* »

Le numéro s'effaça du répertoire comme par enchantement. Jules se demanda comment on pouvait y arriver. Les moyens employés par les tarés derrière tout ça, étaient dignes d'un James Bond.

Pourtant, Jules se souvint que le contact « Black-Pussy » figurait toujours dans le téléphone de Pierre.

Chapitre 15

La veille...

En se regardant dans le miroir, Sam se vit la tête des mauvais jours. Un maquillage idoine sera nécessaire pour effacer cernes et traits tirés. Un rafistolage poussé, pensa-t-elle même sans complaisance. Tout ça à cause de Jules. Qui n'était pas rentré de la nuit. Qui était resté injoignable jusqu'au matin.

Elle venait de l'appeler, cinq minutes plus tôt pour le lui reprocher et elle ne lui en voulait déjà plus. L'excuse de Jules ? Besoin de nager. Qu'avait-il de si spécial, cet homme, pour qu'elle s'y attache aussi vite ? Certainement sa manière simple et brutale de servir la vérité sans se soucier de ce qu'elle en ferait. Ce qu'il fallait comprendre ? Qu'il était comme ça, qu'il ne changerait pas, que c'était à prendre ou à laisser. Les sentiments de Sam étaient confus, mais ils existaient. C'était un mystère en soi, car ce n'était pas elle. Elle aimait les hommes certes, mais aujourd'hui elle n'en aimait qu'un seul.

Ses interrogations l'occupèrent jusqu'à l'agence où elles s'évanouirent lorsqu'elle plongea dans les dossiers. Aucune visite n'était prévue aujourd'hui. Elle avait donc revêtu une tenue simple et fonctionnelle, tee-shirt noir, short en jean et baskets. Elle ne releva la tête que vers dix heures pour répondre à Jules qui voulait l'adresse de la boutique de Cassandra, et vers onze heures lorsque quelqu'un franchit l'entrée. Un homme assez ordinaire. Pas très grand, plutôt frêle, partiellement chauve. Affublé d'une petite moustache qui dessinait sa lèvre supérieure comme un eye-liner. Son jean, trop large, passait mal avec ses tennis blanches et sa chemise hawaïenne bleu terne. Ce gars avait laissé son élégance au vestiaire et jeté la clef. Il s'encadra dans l'entrée du bureau de Sam.

— Bonjour Monsieur. Que puis-je faire pour vous ?
— Je souhaite vendre un bien, répondit-il.
— Ce n'est pas moi qui m'occupe de ça. Et mon patron n'est pas là en ce moment.
L'homme entra et s'assit d'autorité.
— Alors, quand revient-il ?
Il afficha un étrange sourire. Il balaya Sam du regard, son buste surtout, ce qui la dérangea.
— Euh, je n'sais pas…
En y réfléchissant, elle se demandait bien si Pierre rentrerait un jour.
— C'est une belle propriété. Une bâtisse de plus de cent ans. Vous voulez bien vous en occuper ? Sinon je m'adresse ailleurs.
— Bon…, consentit-elle. Dites m'en plus.
— Eh bien. Comme je vous le disais, c'est une maison bourgeoise, construite il y a une centaine d'années. Après Marseille en remontant vers Aix. Le mieux serait de venir la visiter, avança-t-il.

— Vous avez une petite idée du prix ?

— Ça c'est votre métier, pas le mien. Ce bien provient d'un héritage… Mais j'aimerais en obtenir quatre millions.

— Je ne peux pas me déplacer maintenant…

— Dommage, conclut l'homme en se levant.

Il gagnait la porte.

Les choses s'accélérèrent dans la tête de Sam. En l'absence de Pierre, qui pouvait s'éterniser, les affaires tournaient au ralenti. Il fallait absolument rentrer des ventes.

— Attendez ! Ne partez pas. Monsieur… ??

— Bertrand. Michel Bertrand.

— D'accord Monsieur Bertrand. Allons voir cette maison, proposa Sam.

Elle attrapa les clefs de sa 305, retourna la pancarte côté « Fermé » sur la porte. L'homme l'interpella, si bien qu'elle omit de verrouiller l'agence.

— Qu'est-ce-que vous pensez de mon bolide ?

Il désigna une Audi noire devant lui.

— Je suis garée à quelques pas, se borna-t-elle à répondre.

— Ne vous embêtez pas, Mademoiselle. Regardez, la mienne est encore plus près.

— Je préfère prendre la mienne. Je reviens ici après.

— Je vous ramènerai. J'ai aussi à faire dans le quartier.

Il souriait, insensible a priori aux réticences de la jeune femme. Sam n'avait aucune confiance mais ne disposait plus d'arguments. Sur le trajet, son malaise grandit. À chaque feu rouge, l'homme reluquait ouvertement ses cuisses. Elle regardait son visage, dégoûtée de son rictus permanent. Et la conversation qu'il tentait d'engager avait des relents lourdingues.

— Vous êtes bien jeune pour faire ce travail. Jolie comme vous êtes, vous pourriez exercer autre chose que moisir dans un bureau.
— Non. J'aime beaucoup mon métier, rétorqua-t-elle.
Encore un feu rouge. Sam les maudissait.
— Avec d'aussi belles jambes, vous pourriez faire de la danse, dit-il avec un regard dardant son entrejambe.
— Je n'aime pas danser, répondit-elle sèchement.
— Dommage, je vous vois bien faire du strip-tease.

Sam était à deux doigts d'exiger un demi-tour, mais elle pensait à une possible belle affaire. Ils empruntèrent l'autoroute. Sam se dit qu'au moins les arrêts seraient espacés. Ils sortirent peu avant Aix. La route sur laquelle l'homme s'était engagé se transforma, en quelques minutes à peine, en un chemin vicinal puis un petit sentier. Il serpenta en campagne arborée, jusqu'à une grille. Elle ouvrait, dans son axe, sur une allée à perte de vue.

Bertrand coupa le moteur.

— Nous y sommes, dit-il.
— Il n'y a rien ici, constata Sam.

— C'est un peu plus loin. Attendez-moi là. Je dois appeler pour qu'on ouvre.

Il sortit téléphoner. Sam ne voulait pas rester dans la voiture. Elle actionna la poignée, mais la portière ne s'ouvrit pas. La peur l'envahit.

Puis elle sentit ses forces la quitter et sa vision se brouiller.

Lorsqu'elle reprit connaissance, elle ressentit une chaleur étouffante, puis le souffle d'un ventilateur sur sa peau qui l'en soulagea. Elle comprit alors qu'elle était nue. Elle se trouvait dans une position très inconfortable, sur le ventre contre une poutre comme celle des gymnastes. Elle comprit que des lanières du cuir lui serraient chevilles et poignets. Ses membres étaient attachés aux pieds qui stabilisaient la poutrelle.

Sam crut avoir fait un bond dans le temps : elle aperçut un uniforme allemand d'une époque lamentable, plus précisément une tenue que son brassard à croix gammée identifiait parfaitement, et reconnut celui qui le portait. Hans Mayer et son rictus figé.

— Enfin réveillée, Samantha.

Il l'attrapa par les cheveux et lui montra quatre cartes. Trois représentaient un fouet, la dernière une prise de courant électrique dans une flaque d'eau. Des larmes montèrent irrépressiblement aux yeux de la fille, envahie d'une peur panique.

— Il ne faut pas m'en vouloir de ce qui va vous arriver, dit Mayer d'une voix douce et résignée, presque tristement impuissante face à la suite. Prenez-vous-en à M. Lesquier. Il a joué et il a perdu. Ces cartes, c'est sa punition, plaida-t-il.

Il s'arrêta un moment. Elle ne vit pas le poing s'abattre sur son nez. Étourdissement, sa vue se voila et du sang perla sur le sol.

— Ça, c'est juste une petite mise en bouche, lâcha Hans avant de s'éloigner de quelques pas et d'ajouter. Ne m'en voulez pas pour ça non plus, il montrait son portable, je dois vous l'emprunter.

Chapitre 16

Jules s'en voulait de ne rien avoir vu venir. Pourtant tout était là, devant ses yeux. Des révélations des frères Weismman sur les activités de Hans Mayer jusqu'au récit du vieux sorcier africain. Et il s'était quand même laissé surprendre. Peut-être n'y avait-il tout bonnement pas cru. Avec son vécu, comment avait-il négligé ce que l'âme peut enfouir ?

Le mal absolu s'y terre, il rumine et nourrit ses rancœurs.

Maintenant, il fallait faire vite pour sauver Samantha. Les deux Juifs devraient pouvoir l'aider. Ils lui avaient dit avoir posé un mouchard sur la caisse de Mayer. Il les appela, mais la réponse de David fut décevante.

— M'sieur. La bagnole de cet enculé de facho n'a pas bougé depuis plusieurs jours. Elle est garée près des quais.
— Allez-y et fouillez-la ! Prévenez-moi si vous trouvez quelque chose. N'importe quoi ! Tout ce qui pourrait nous indiquer l'endroit il aurait emmené Sam.
— Bien frè... M'sieur.
— Une dernière chose. Équipez-vous ! Drone et kalach, ça pourra servir plus tard !

Ça partait mal.

Il restait néanmoins un espoir. Ce connard de Gustavo Sivaraldi devait savoir où Hans s'adonnait à ses séances de torture. Rien n'était moins sûr. Mais c'était l'unique piste dont Jules disposait et il décida de l'exploiter jusqu'au bout. Pour cela, il fallait l'aide de Janus. Il ne fut pas difficile à convaincre. Dès que Jules lui révéla les penchants sadiques du patron du casino, le vieux bandit marseillais oublia leurs petits contrats. Ces vieilles fripouilles étaient ce qu'elles étaient, mais il ne fallait pas franchir les limites de l'absurdité.

Mais il n'était pas question de débarquer en force chez Gustavo. Il fallait l'en faire sortir. Janus savait comment s'y prendre. Pour négocier ses affaires douteuses, Gustavo préférait les grands espaces aux endroits clos, où il était plus facile de cacher des micros. Le vieux Janus lui donna rendez-vous dans la garrigue une heure plus tard. Auparavant, il avait réuni une dizaine de « relations » à la retraite, armées jusqu'aux dents.

Jules les y rejoignit.

Il se gara en contrebas d'un plateau sauvage dans une garrigue au bord d'un relief escarpé où l'herbe clairsemée était grillée par le soleil. À ce terrain surélevé et à l'abri des regards, on ne pouvait accéder qu'à pied. Au loin, Jules aperçut Janus et son escouade. Deux des frères Sandapoli gisaient au sol. Au milieu du gang, Gustavo était à genoux, les mains dans le dos. Cet empaffé avait gardé sa panoplie de Jules César.

Parvenu jusqu'à eux, Jules s'adressa à Janus.

— Tu lui as expliqué la situation ?
— Ouais, ouais ! Il est bien au courant, fit Janus.
Puis il l'attrapa par le col.
— Hein ! Pas vrai que t'es au courant ? Tu sais ce qui va t'arriver si tu ouvres pas ta grande gueule, brailla-t-il, la main droite prête à frapper.
— Non pas le visage, pas le visage, supplia Gustavo, comme s'il s'agissait de son capital esthétique.

Jules continua.
— Bon, maintenant que la situation est éclaircie, la maison de Hans Mayer ? Là où il massacre de pauvres filles sous l'œil complice de malades dans ton genre. Je veux son adresse. Alors ?
— Je...je ne…
Jules lui envoya une mandale à rendre jaloux Myke Tyson. Le sang gicla et Gustavo expulsa quelques chicots.
— C'est à la sortie de Marseille vers Aix. Une... Une grande propriété. Attention, … Il est puissant, sortit Gustavo entre deux crachats écarlates.
— Ta gueule. C'est pas ce qu'on te demande, l'arrêta Janus.
— Tu vas nous montrer ça sur une carte, ordonna Jules.

L'Empereur, très vite redescendu du Capitole, s'exécuta.

— Qu'est-ce qu'on en fait ? s'enquit Janus.

— On l'emmène. S'il nous a raconté des conneries, on le bute, trancha Jules.

— Sur la tête de Notre Bonne Mère, toi !? Tu n'es pas à Marseille depuis bien longtemps, mais tu en changes déjà le paysage, admira Janus.

Après avoir bâillonné et jeté César au fond d'un coffre de voiture, le commando manœuvra. Un groupe de trois véhicules, une Porsche et deux SUV, traversa Marseille en trombe. Jules appela les frères Weismman. Les consignes étaient claires : cesser de fouiller la caisse de Hans, se rendre à l'adresse indiquée, se poster à cinq cents mètres de la propriété, exercer une surveillance par drone.

Du travail d'espion en somme, ça leur plaisait.

La troupe les rejoignit. Ils s'étaient installés dans une petite clairière. Aaron, aux manettes, téléguidait le drone. Il s'était juché sur le toit de leur veille bagnole. David, à l'intérieur, observait les images que l'engin renvoyait sur un portable. En peu de temps, la Renault à bout de souffle des frères Weismman se retrouva encerclée par la bande de truands en semi-retraite. Un peu retournés, les frangins furent toutefois rassurés en reconnaissant, parmi eux, la tête de Jules.

— Alors les jeunes ! Qu'est-ce qu'on a ? leur demanda-t-il.

David rendit compte :

— La maison n'est pas visible de l'entrée, frère. Elle est à deux cents mètres cachée par la forêt. Il y a un autre bâtiment à côté, frère.

Jules regarda l'écran.

— On dirait une étable ou une écurie.

— Ah oui frère, c'est ça... Sûrement, ça ressemble en tout cas, s'extasia David.

— Il y a un gars devant, c'est bien gardé, constata Jules.

— Eh oui, frère, et pas que là. Mais il y a un type qui va souvent dans cette écurie. T'as vu frère, ils ont tous des sapes nazies.

— Oui, bienvenue à « Naziland » les gars. Bon, quoi d'autre ? Dis-moi si le reste de la propriété est autant gardé, questionna Jules.

Janus, derrière l'épaule de Jules, n'en perdait pas une miette.

— Le long du chemin, t'as deux gars qui patrouillent. Devant la maison, un gars devant l'entrée, à l'intérieur j'ai vu en rentrer deux. Dans l'écurie, ils sont deux, le mec devant et l'autre celui qui fait des va-et-vient entre la maison et l'écurie. Je l'ai reconnu frère. C'est cet enculé de Mayer, finit David.

— Si je compte bien ça fait sept. Janus, toi et une partie de tes gars, vous investissez en premier. Vous vous occupez de la patrouille et des sentinelles devant les bâtiments. Quand c'est fait, tu entres dans la maison avec un gars. Tu élimines tout ce qui bouge sauf si c'est Mayer. Lui tu me le laisses. Moi je fais l'écurie, commanda Jules.

— Tu veux qu'on s'en occupe comment ? Je veux dire, … à quel point on doit les rendre inoffensifs ? déglutit Janus de plaisir.

— On va pas jouer les sentimentaux. Ce sera autant de salauds en moins sur Terre.

— Et nous frère ? demandèrent les Weismman en chœur.

Jules réfléchit. Ils semblaient bien jeunes pour assister à ce qui allait arriver. Mais pourquoi les en priver s'ils le souhaitaient ?

— Suivez-moi et restez bien derrière ! trancha-t-il.

Les types de Janus, tous d'anciens légionnaires pas trop rouillés, déblayèrent silencieusement le trajet jusqu'aux constructions. En remontant le sentier, Jules et ses acolytes découvrirent les corps éventrés ou égorgés des soldats à la solde de Mayer. Près d'arriver aux bâtiments, ils entendirent des coups de feu. L'habitation principale émergeait au terme d'une grande allée, précédée d'une dépendance. Jules était persuadé qu'elle abritait les sinistres expériences de Hans.

La porte d'entrée, fort malmenée par nos libérateurs, finit par découvrir, comme le redoutait Jules, un hall aménagé en salle de torture. Des mécaniques réservées aux tourments des suppliciés dont on attendait les aveux remontaient - étrangement conservées - au Moyen Âge. En un raccourci technologique saisissant, dans le même lieu, des caméras fixées en hauteur étaient certainement reliées au « deepdardweb ». Au centre encore, il y avait des chaînes terminées par des menottes étaient suspendues au plafond.

Au sol, une flaque, un mélange d'eau et de sang. À côté, un établi sur lequel reposaient un fouet et une gégène. Jules avait le sentiment que Sam venait d'occuper cette place : il regarda Aaron. Ils soupçonnaient la même chose, et n'avaient plus besoin de parler. Les mains du garçon gigotaient, sa bouche tremblait, ses yeux étaient embués. David, lui, ne gouvernait plus son regard qui se perdait dans le vide ; il essayait de s'évader de ce monde. Jules, lui, se sentait submergé par une peine sans limite, et une rage irrépressible.

Le bâtiment se révéla désert. Ils se précipitèrent vers la maison. Janus s'y trouvait avec deux de ses hommes.
— Il s'est retranché là-haut. La fille est avec lui, rapporta-t-il.
Jules chercha son regard.
— Jules, ... Je crois qu'elle est vivante, continua Janus. Mais dans un sale état.

Ils se présentèrent devant la porte de la pièce devenue le refuge de Hans. Il les avait entendus.
— Barrez-vous ! Je vais la buter, clama-t-il.
— Écoute bien Hans, commença Jules. C'est très simple. Si tu la laisses sortir vivante, je te bute... Mais rapidement. Si tu la tues, j'te bute, mais je vais prendre tout mon temps. T'as trente secondes pour réfléchir.
Un court silence.
— Et si on réglait ça entre hommes ? proposa Hans.
Jules à voix basse, pour Janus.
— Quel con ! Il pense en être un.
Puis, plus fort :

— Laisse là d'abord sortir et après on règle ça tous les deux.

— Tu n'es qu'un mauvais joueur Lesquier. Tu as perdu. Tu dois accepter ta mise.

Jules agita son index vers son front, signifiant qu'il doutait de la santé mentale de son interlocuteur.

— Okay, okay. Je suis un mauvais joueur. Je n'accepte pas de payer ce que j'ai misé. Il faut me punir alors ! Laisse partir la fille, c'est avec moi qu'il faut traiter maintenant !

Un long silence s'installa. Jules et Janus s'interrogèrent du regard sur le bien-fondé d'une intervention éclair. C'était délicat et surtout dangereux pour Sam. Ils patientèrent environ deux minutes. Ils furent intrigués par un léger chahut derrière la porte, jusqu'à comprendre que Hans mettait les voiles.

Janus alerta ses hommes restés en bas.

— Il se barre par une fenêtre au nord ! gueula-t-il. Cueillez-le !!

Jules se rua dans la pièce. La fenêtre était fraîchement ouverte, le battant oscillait encore. Samantha était étendue sur le sol. Il se précipita. Le visage, tuméfié, était méconnaissable ; son dos, un champ de plaies ouvertes. La rage de Jules décupla. David l'avait rejoint, décomposé.

Jules tâta le pouls de Sam. Il était faible.

— Où est Aaron ? demanda-t-il.

— Il s'est rappelé que nous avons une couverture de survie. Il est parti la prendre, répondit David d'une voix à peine audible.

— C'est bien les gars ! Vous l'emmenez à l'hôpital le plus proche. S'ils vous posent des questions, vous l'avez trouvée sur le chemin près d'ici. La police ne vous interrogera pas tout de suite, elle vous convoquera peut-être plus tard. Mais d'ici-là vous serez en Israël, les rassura, Jules.

— Vous n'appelez pas les flics ?

— Si. Je le ferai avec le téléphone de Hans, dès qu'on aura mis la main dessus et que je lui aurai réglé son compte. Mais il faut aussi que je trouve des preuves. Je vais voir.

La voix de Janus retentit dehors.

— Jules ! On le tient !

Dans la cour, Hans était à genoux, mains sur la tête, encerclé par les malfrats qui le tenaient en joue. Jules attendit le départ des frangins qui emmenaient Sam, puis rejoignit la petite assemblée. Il dégaina son Sig-Sauer et le pointa sur le front de Mayer. Mais ça ne dissuadait pas celui-ci de parler.

— Tricheur ! Tu dois rembourser tes dettes de jeu.

— C'est toi qui vas payer ! Pour tout ce que tu as fait d'abord à Samantha, et aux autres. A Zora, l'amie de Pierre. Lui, il a payé le prix fort.

Hans se mit à rire nerveusement.

— Pierre ? Mais Pierre, … Il avait gagné la partie !

Jules n'en pouvait plus. Son doigt pressa la détente. La boîte crânienne de Mayer s'atomisa au soleil dans une gerbe vermillon.

Hans avait un bureau à l'étage. Jules y trouva une dizaine de dossiers. Ils renfermaient tous ses secrets sordides. Ils étaient classés par ordre alphabétique des perdants au jeu. Leur photo, celle de leur épouse ou de leur fiancée, les cartes qui matérialisaient leur mise. Tout. Il y en avait un dont le nom parlait à Jules. Il l'avait entendu quelques jours plus tôt à la télévision. Un type accusé du meurtre de sa femme.

Mais aucun sur Pierre Vielle. Et rien sur Zora.

Janus et ses hommes, après s'être occupés de Gustavo dont le corps fut jeté au milieu des autres, s'appliquèrent à effacer toute trace de leur présence. Seuls les cadavres témoigneraient de ce qui avait pu se passer. Les armes allaient être détruites selon la procédure propre aux truands.

Le groupe se sépara en prêtant serment.
Aucun d'eux n'était venu ici en ce jour.
Ce moment n'avait jamais existé, et aucun souvenir sur ce point ne leur reviendrait lors d'un interrogatoire de police.

Jules remercia Janus chaleureusement.
Le vieux le serra dans ses bras. Dans un regard gorgé d'humanité et d'espérance, il lui jeta d'une voix étranglée ;

— Elle va s'en sortir Jules. J'en suis certain.

Jules regarda les deux SUV s'éloigner. Son téléphone vibra. C'était Catherine Vanassel, l'ancienne colocataire de Zora.

*

Dans les jours qui suivirent, Jules ne perdit pas son temps à ruminer. Il continua de chercher. L'appel de Catherine Vanassel l'avait mis sur une autre piste. Grâce à la photographie des frères Weismman où étaient réunis les joueurs de Black-Pussy, Jules isola le prétendu banquier suisse, Roger Ermer. L'application « google image » fut d'une aide bienvenue pour obtenir sa véritable identité... Édouard Lacave. En fait, d'une part ce dernier louait des appartements via le site « Airbenb », d'autre part ils correspondaient aux adresses des locations de Hans Mayer.

Mais, en persévérant, Jules découvrit que ces logements n'appartenaient pas à Édouard. Le propriétaire était une personne qu'il connaissait bien.

Chapitre 17

Sur le trajet vers Marignane, les frères Weismman restèrent silencieux. Ça ne leur ressemblait pas, mais convenait parfaitement à Jules. Optimiste, il rattachait ce mutisme à une maturité émergente...

Et puis, il songeait surtout à Sam. Elle en était à son troisième jour d'hospitalisation. Il avait enfin obtenu l'autorisation de la voir. Ce qui le rassérénait quand-même. Mais il gardait un poids. Si elle ne l'avait pas rencontré, tout cela lui aurait été épargné. Elle ne méritait pas son sort. Même si elle était toujours en vie, ce n'était plus la Sam d'avant cet effroyable épisode. Mayer avait détruit tout ce qu'elle était, sa joie de vivre, sa spontanéité. Jules en était gravement affecté. Il pensait même avoir offert une mort trop douce à ce malade. Il s'en voulait aussi pour ça.

Il était à peine dix heures lorsqu'ils arrivèrent à l'aéroport. En sortant du véhicule, le bitume surchauffé les prit à la gorge, mais le grand hall du terminal, climatisé, les apaisa. David et Aaron, encore sous le choc, semblaient heureux de regagner leur pays où ils trouveraient le réconfort familial auprès de leurs grands-parents. Au moment d'embarquer, ils oublièrent leur rôle et leur accent de voyous des quartiers nord.

Ils enlacèrent Jules.

— Vous embrasserez Sam de notre part, lui dit David.

— Je n'y manquerai pas. Bon voyage. Je vous souhaite le meilleur.

— Oui. Peut-être qu'on sera engagés par le Mossad.

— Certainement ! Ils ont besoin de gars comme vous. Au fait ! Vous avez pu déposer mon enveloppe sur le bureau du juge ?

— Mission accomplie, chef. Ni vu ni connu ! confirma David.

Pendant le retour, Jules se sentait envahi d'une triste solitude, vide.

Elle ne le quitta pas avant d'arriver aux Baumettes. Il devait y récupérer Pierre à sa sortie. Il était déjà dehors, sur le trottoir avec sa valise. C'était l'heure du déjeuner. Ils décidèrent d'aller dans une brasserie sur le Vieux-Port. Pierre humait l'air comme une première fois. Bien qu'il affichât une pauvre mine, il paraissait soulagé.

Avec l'arrivée du plateau de fruits de mer sur la table, devant le décor le plus connu de Marseille, il s'ouvrit.

— Je n'en reviens pas de toute cette histoire. Et aussi de la chance que j'ai eue. Un non-lieu ! Je n'y croyais plus. Dire que c'était cette bande qui était derrière tout ça. Mais... Leur massacre, rassure-moi... Tu n'as rien à voir là-dedans ?

— Non. Ces types ont des ennemis ! Forcément.

— Oui, c'est certain. Déjà tous ceux qui ont perdu ce qu'ils avaient de plus cher, approuva Pierre.

— Oui, moi qui ai toujours pensé que tu trichais aux cartes.., rebondit Jules.

— Jamais. Là, je ne pouvais pas. De toute manière je ne connaissais pas les règles avant d'y aller. Je ne sais pas comment j'ai fait pour gagner.

Jules feignit de ne rien savoir.

— Tu as gagné ?

— Mais oui j'ai gagné, Jules. J'ai gagné. Ils n'auraient jamais dû s'en prendra à Zora, s'emballa Pierre.

— Pourtant, ils t'ont bien menacé, non ?

— Oui. Quelques jours après la partie, j'ai reçu un appel. Une voix masquée. Soi-disant que j'avais triché et que Zora allait trinquer, et qu'ensuite ce serait mon tour.

— Un appel de Black-Pussy ?

— Un numéro que je ne connaissais pas. Le premier s'était volatilisé de mon répertoire après la partie de cartes. La voix s'est présenté comme étant Black-Pussy. J'ai enregistré le numéro, mais après ça, plus moyen de les joindre.

— Donc, après ces menaces, tu as pris peur, et tu m'as contacté. C'est bien ça ? interrogea Jules.

— Oui ! Surtout que je n'arrivais plus à joindre Zora.

— Alors tu as pensé à moi ?

— Oui, et j'ai enregistré une vidéo en espérant que tu la trouves, au cas où il m'arriverait malheur. Mais je n'ai pas eu le temps de la terminer. Tu l'as quand même trouvée ? s'assura Pierre.

— Oui.

— Tu as réussi à forcer mes mots de passe ? Je voulais cacher la clef USB dans le porte-clefs de la Porsche, mais j'ai été dérangé, expliqua Pierre.

— Continue.

— Oui. Ces dingos m'ont apporté le cadavre de Zora. Enfin, je pense que c'était elle. Mais je n'ai pas eu le temps de le constater. Un coup sur la tête. Je me suis réveillé au bord d'une rivière. C'est là que la police m'a cueilli, développa-t-il.

— Donc tu n'as pas mis de clef USB dans le matou en peluche ? insista Jules.

— Non ! Jamais.

— Et pourtant, c'est bien là que je l'ai trouvée après avoir élucidé toutes tes énigmes, laissa tomber le détective.

— Comment est-ce possible ?

— Nous en reparlerons. D'abord, s'alimenter. Avec cette chaleur, les bigorneaux vont réchauffer.

— Tu as raison, reconnut Pierre.

Pourtant, Jules n'était pas enclin à se régaler. Une boule dans la gorge. Il fallait d'abord qu'il se lâche.

— Tu sais, cette histoire de jeu. Nous n'aurions jamais dû y mettre les pieds, ni toi ni moi. À cause de ça, Sam…

Il s'arrêta un instant, puis il reprit.

— Ce qu'elle a subi… C'est notre faute.

— Oui, je sais, admit Pierre. Et pour Zora aussi, je me sens coupable. Tu sais, je suis soulagé d'être sorti. Mais je l'aimais. Je suis effondré, même si ça ne se voit peut-être pas. Tu ne peux pas savoir le vide…

— Je te comprends. Mais pour Zora, je pense que c'est différent, dit Jules.

— Tu veux dire quoi ?

— Je t'expliquerai plus tard. Je dois filer à l'hôpital. Il faut que je voie Sam. Elle a sûrement besoin de moi.

Jules réfléchit un moment et reprit.

— Tu as toujours ton bateau ?

— Oui, pourquoi ?

— Si nous allions faire une virée en Méditerranée ce soir ? Invite ton avocat, c'est important. Je dois éclaircir certaines choses, il pourra certainement m'aider.

Jules raccompagna Pierre chez lui. Ce dernier consenti à lui prêter sa Porsche jusqu'à la fin de son séjour. Ce n'était pas pour bien longtemps, Jules avait prévu de repartir le surlendemain.

ÉPILOGUE

Le soir, en se dirigeant vers le Vieux-Port, l'humeur maussade de Jules, plombée d'amertume, empirait. Il rentrait de l'hôpital et de plusieurs heures au chevet de Sam. Il ne savait même pas si elle l'avait reconnu. Se remettrait-elle un jour ? Il lui faudrait du temps. Il s'était juré de ne pas l'abandonner.

Il se pointa sur le quai de Rive-Neuve, au ponton La Criée, vers vingt et une heures. Pierre était là, apprêtant son hors-bord. Comme Lovisolo se faisait attendre, Jules aida son ami à décharger sa voiture. Trois glacières et un petit barbecue à gaz qu'ils embarquèrent.

Pierre s'était fait plaisir en s'offrant son Merry Fisher 1095 Fly. C'était un petit tigre des mers, avec sa terrasse ouverte au-dessus du pont principal accueillant un second poste de commande. Un dix mètres quand-même !

L'avocat arriva avec vingt minutes de retard. Il avait enfilé un bermuda et une chemisette hawaïenne. Elle rendait hommage à sa bedaine qui soulignait d'autant la minceur de ses courtes jambes. Cela lui donnait une allure de « culbuto ». Sans son costume trois pièces, son charisme en prenait un sérieux coup.

Il serra la main de Pierre qu'il accompagna d'une accolade chaleureuse. Puis vint le tour de Jules, qui eut droit à un « comment allez-vous ? » de campagne électorale, sans attendre de réponse.

Les Yamaha actionnés, Pierre éloigna délicatement le vaisseau aux lignes ramassées du ponton. Dépassant la Tour du Roi-René, il oublia le Vieux-Port et visa le Frioul. Il dépassa les îles en quelques minutes pour surfer sur les vagues environ une demi-heure, vers le sud-ouest. Le vrombissement des moteurs et les claques incessantes de la coque rebondissant à la surface de l'onde dissuadaient les trois hommes de tout échange. La vélocité du Merry fit rêver Jules. Il s'imaginait en quelques heures, si on gardait le cap, accostant directement à Palamos. Oui, en Espagne…

Le capitaine d'un soir arrêta le bateau. Dans le dos, la côte se profilait maintenant à peine et le regard se perdait dans une brume grise. Face à eux, le soleil déclinant tachetait encore la Méditerranée. … Mais au-delà ? On ne distinguait rien. Sauf l'immense horizon que l'astre, dans sa course du soir, enflammait de rose et d'or.

La beauté du monde, mais aussi le sentiment d'avoir quitté la civilisation. Avec les manettes à zéro, le trio venait de s'immobiliser en un point éloigné de tout et de tous.

Pierre sortit du champagne d'une des glacières. Les trois hommes s'installèrent, en cabine, autour de la table de repas avant la poupe. Autour, les vitres coulissantes étaient ouvertes. Pendant que Pierre jouait les hôtes attentifs, le jour continuait de décliner. Le soleil s'endormait insensiblement sur la mer.

Lovisolo proposa un toast :
— À toi Pierre et surtout à ta liberté retrouvée.
— Je n'en reviens toujours pas, sourit celui-ci.
— Et c'est grâce à vous Maître, ajouta Jules. Comment avez-vous fait ?
— Eh bien ! J'ai instillé le doute dans la tête du juge, se plut-il à reconnaître. Cette histoire de nazi sadique m'y a bien aidé. Et puis, un élément inattendu est intervenu en notre faveur. Il y a bien des choses que nous ne découvrirons sans doute jamais.
— Par exemple ceux qui ont massacré les nazis, nota Jules.
— Pas seulement, continua Lovisolo. Ce que vous ne savez pas, c'est que certes, lors de leur perquisition chez Hans Mayer, ils ont découvert tous les dossiers sur toutes les femmes assassinées. Un fichier digne de la Gestapo, constitué par Mayer. Tous sauf un, celui de Zora. Eh bien ! Comme par miracle, ce dossier a atterri sur le bureau du juge le lendemain. Personne ne sait comment. Incroyable non ?

L'avocat, héros de son propre récit, affichait une certaine admiration de lui-même. Il vidait son champagne comme du p'tit lait. Trois coupes déjà sifflées. Une autosatisfaction euphorique le gagnait peu à peu.

La nuit était à présent tombée. La rumeur du large s'invitait sur le pont. Une brise s'était levée, obligeant les hommes à se couvrir. Ils enfilèrent un vêtement d'appoint pour les soirées fraîches.

Pierre assumait ses devoirs, cette fois en allumant le barbecue sur lequel, le moment venu, il jeta des harengs. Le crépitement de la cuisson se mélangea au vent et à la rumeur sourde des vagues.

Jules attaqua, comme si la conversation ne s'était jamais interrompue :

— Et pourtant, le cas de Zora est bien différent. Elle n'a pas été torturée mais étranglée. Comment avez-vous fait pour convaincre le juge qu'il ne s'agissait pas d'un crime passionnel ? lui demanda-t-il.

— J'ai tout simplement émis une hypothèse. Zora se sera débattue lors de son enlèvement. Hans, ne pouvant la maîtriser, lui aura coupé le kiki. Le doute, je vous dis. Ce qu'on nomme le doute raisonnable.

Suffisant pour faire acquitter un homme. En tout cas, ce p'tit con de Laroche a redouté l'erreur judiciaire et il a préféré ne pas poursuivre. Je l'ai eu, se rengorgea l'avocat.

— Oui vous l'avez bien berné. Et presque tout le monde d'ailleurs, ajouta Jules.

La pique évidente intrigua Lovisolo.

— Que voulez-vous dire ?

— Je dis que Pierre a gagné la partie de Black-Pussy et que Zora n'aurait jamais dû être inquiétée, répondit Jules.

— Oui bien sûr ! rétorqua l'avocat. Mais qu'est-ce-que j'y peux moi ?

Pierre, éberlué, semblait largué. Son regard vide se raccrochait aux grillades, que d'un couvert il taquinait comme un automate. Son esprit gambadait pourtant, et il lâcha :

— Jules, tu crois que j'ai tué Zora ?

— Non Pierre. Je sais que tu es innocent.

Jules fixa Lovisolo.

— Non, c'est vous Maître.

L'avocat partit d'un rire nerveux, puis son visage se ferma aussitôt.

— Que dites-vous ? Expliquez ! Défia-t-il.

Pierre, qui s'était ressaisi, amena le poisson dans un plat. Il ouvrit une autre bouteille de champagne. Lovisolo allait honorer sa coupe, mais se ravisa. Il la posa devant lui comme s'il n'avait soudain plus soif.

Nuit sans lune ce soir-là. L'obscurité et le bruit du large s'étaient désormais invités d'eux-mêmes.

Un silence s'installa parmi les commensaux.

Jules se tourna vers son ami et continua, après une gorgée de nectar pétillant :

— Pierre, Zora devait se marier avec un homme âgé, beaucoup plus qu'elle. Il avait payé une dot de dix mille euros à son père. Mais elle ne voulait pas l'épouser. C'est pour ça qu'elle a quitté la fac. Pour pouvoir rembourser la dot. Elle avait donc besoin de travailler. Mais le mariage approchait et Zora n'avait plus de temps pour rassembler la somme, l'éclaira-t-il.

— Et le rapport avec moi ? s'étrangla l'avocat.

Il remuait sur son siège, qui lui semblait de plus en plus inconfortable. Finalement, il se saisit de sa coupe et l'assécha d'une traite.

Le bateau commençait à tanguer aux caprices de la houle.

— J'y viens, répondit Jules posément. Ce qui m'a d'abord intrigué, c'est que vous me cachiez le rapport d'autopsie et ses photos. Vous avez fait mine d'ignorer qu'il se trouvait déjà à l'étude. Sur votre bureau. M'engager était une façon, une assurance supposiez-vous même, que je ne découvre rien. Cela vous protégeait de tout soupçon. Qui recruterait un détective pour qu'il le démasque ?

Ensuite, lorsque vous avez parlé du corps, vous avez dit « Zora » et non pas « le corps » ou « la victime ». Cela vous a échappé. Curieux en effet de parler ainsi d'emblée, et dans ces circonstances, de quelqu'un qu'on ne connaît pas. Alors oui, je me suis dit qu'elle ne vous était pas du tout étrangère. Plus tard, j'ai découvert votre lettre appuyant sa candidature, ce qui a conforté mon opinion. Car, connaissant bien Pierre, le faire oralement aurait suffi.

Je pense que vous vouliez que Zora sache que vous faisiez tout pour elle, car vous étiez amoureux. Et ce depuis l'université, car c'est bien à cette époque que vous l'avez rencontrée.

— N'importe quoi ! cracha Lovisolo.

Il se resservit une coupe pendant que Pierre disposait les poissons grillés dans les assiettes. Cela l'aidait à recouvrer un peu de contenance, et apaiser autant que possible sa nervosité. Jules laissa s'instaurer une pause tandis que les mouettes ricanaient autour du plaisancier. Lovisolo leur jeta un regard noir. Se moquaient-elles de lui ?

Une légère bruine s'abattit également, mais personne n'y prit garde.

— J'en ai eu la confirmation, poursuivit Jules, par son ancienne colocataire avec qui elle était restée proche. Et que Zora lui avait récemment confié que vous avez payé la dot. Vous avez libéré Zora de l'obligation de se marier pour qu'elle soit toute à vous. Puis, vous avez appris son idylle avec Pierre. Vous ne l'avez supporté. Cela vous a même rendu fou.

— Arrêtez ce roman. C'est de la diffamation ! clama le « bavard ».

Imperturbable, Jules poursuivit :

— Je ne sais où ni quand, mais vous l'avez étranglée. Ensuite, vous avez monté un plan pour faire accuser Pierre. Vous lui avez présenté Hans. Vous-même jouez également depuis longtemps. Vous faites partie du cercle. Vous savez bien, celui dont les membres peuvent perdre sans qu'il ne leur arrive jamais rien. Ni à eux, ni à leur entourage. Je le sais, car vous vous êtes fait représenter le soir où j'ai joué. Par ce type qui se faisait passer pour le directeur d'une banque suisse, tout en se prenant pour Mussolini, railla Jules.

— Je ne connais pas cette personne, opposa Lovisolo.

Jules durcit alors le ton.

— Bien sûr que si, … Édouard Lacave. Il s'occupe de vos locations « Airbnb ». Ces appartements feutrés où se déroulaient vos parties de cartes. Donc, vous avez mis Pierre et Hans en relation, connaissant les penchants de Pierre pour le jeu. Vous avez agi vite. Par conséquent, Zora est morte très peu de temps avant la partie.

Dans son désarroi, Pierre se rangeait malgré tout à l'analyse de Jules.

— Effectivement, je ne suis pas arrivé à la joindre la veille. Je m'en souviens. Et même si je connaissais déjà plus ou moins Hans, Michel m'a mis en relation avec lui ce jour-là. La partie était pour le lendemain, se souvint-il.

Autour du bateau, on n'y voyait pas à deux mètres et la lampe d'appoint que Pierre avait installée éclairait péniblement les visages. Les vagues giflaient la coque. La pluie s'intensifiait.

— Cela confirme ce que je pense, continua Jules dont le regard ne se détachait pas de Lovisolo. Pierre a gagné. Ça n'était pas prévu, et vous a obligé de trouver un stratagème : Pierre avait triché. Lui et sa petite amie devaient payer. Ainsi, lorsqu'il aurait été pris, il accuserait Hans. Une fausse piste. D'où les menaces et l'appel qu'il m'a passé. Il vous prévient puisque vous êtes aussi son ami. Il vous raconte tout : le fait de m'avoir averti et le jeu de piste qu'il envisageait pour que je trouve sa clef USB. Avec Lacave, vous débarquez chez lui avec le cadavre de Zora. L'objectif était que, dans la panique, il s'en débarrasse lui-même, concentrant alors tous les soupçons.

Mais vous avez oublié deux choses. Un, que les caméras de surveillance fonctionnaient ce soir-là. Deux, que Pierre vous surprendrait. Heureusement, vous étiez masqué et il ne vous a pas reconnu. Alors vous avez improvisé. Vous l'assommez. Vous remarquez la clef USB dans son ordinateur et la vidéo qu'il tournait à mon attention. Vous découvrez aussi le pendentif fendu où il voulait cacher la clef.

Vous savez que la vidéo est incomplète, alors autant la cacher là comme prévu. Dans la précipitation, vous avez oublié les caméras. Enfin vous l'embarquez dans son propre 4X4, lui et le corps de Zora que vous jetez au bord de la Durance. Vous gardez Pierre quelques jours au frais, et le maintenez inconscient, probablement drogué. Le temps que le cadavre soit découvert, et qu'il soit suspecté. Sa disparition en faisait un coupable idéal.

L'avocat blêmissait. Les hommes étaient trop accaparés par le débat pour remarquer l'éclair déchirant le ciel. Le déluge qui suivit ne les troubla pas davantage.

Jules dut donner de la voix pour couvrir le fracas du tonnerre.

— J'ai retrouvé le portefeuille de Pierre sous le siège passager avant. Ce n'était donc pas lui qui conduisait, sinon il l'aurait mis ailleurs, dans la boîte à gants par exemple. Vous aviez embarqué sa veste et le portefeuille sera tombé. Le pêcheur qui a appelé la police ? Il n'existe pas. C'est vous ou votre complice.
Zora, c'était passionnel. Mais vous participiez à la plupart des parties de cartes qu'Hans organisait. Sauf, lorsque nous étions là, Pierre ou moi. Vous êtes givré, Lovisolo. Un de ceux qui matent les séances de torture de Mayer. Par mes amis juifs, j'ai retrouvé votre adresse IP, dans les connexions au « deepdarkweb ».

Lovisolo ne se contint plus. Il se leva et vociféra, agitant les bras en tous sens, faisant osciller l'embarcation.

— Vous délirez ! Vous avez des preuves ?
— Non, aucune ! Pourquoi faire ? répondit Jules.

Les trois hommes étaient trempés jusqu'aux os, mais ils s'en fichaient. Pierre se redressa subitement.

— Salaud ! Qu'as-tu fait à Zora ?

Il sortit de ses gonds. Il colla une mandale à l'avocat d'une puissance insoupçonnée. Lovisolo tomba à l'eau.

La nuit recouvrait la mer dont la colère concurrençait à présent le ciel déchaîné.

Lovisolo ne devait pas savoir nager, à voir comment il se débattait dans l'élément devenu d'une teinte hostile. Puis il sombra lentement.

Sa tête émergea. Le temps de supplier qu'on vienne à son secours. Pierre qui était allé chercher la bouée de sauvetage se tourna vers Jules.

— Merde ! On fait quoi ?

Jules considéra le hareng mort qui baignait dans son assiette, et haussa les épaules.

FIN

© 2023 M.H GIMENEZ

Édition : BoD – Books on Demand, info@bod.fr

Impression : BoD – Books on Demand,

In de Tarpen 42, Norderstedt (Allemagne)

Impression à la demande

ISBN : 978-2-3220-7688-8

Dépôt légal : Fevrier 2023